L'empreinte de l'ange

Du même auteur
aux Éditions J'ai lu

Cantique des plaines, *J'ai lu* 4770
La virevolte, *J'ai lu* 4931
Instruments des ténèbres, *J'ai lu* 5276
Avec Leïla Sebbar :
Lettres parisiennes, *J'ai lu* 5394

Nancy Huston

L'empreinte de l'ange

Je tiens à remercier
le Conseil des Arts du Canada
dont l'aide m'a été,
cette fois-ci encore, précieuse.

à Séverine A.

Comment comparer les souffrances ?
La souffrance de chacun est la plus grande.
Mais qu'est-ce qui nous permet de continuer ?
C'est le son, qui va et qui vient
comme l'eau parmi les pierres.

Göran TUNSTRÖM

Allez, ne pleure pas, comme dit la musique.

Ingeborg BACHMANN

PROLOGUE

L'histoire qu'on va lire commence en mai 1957, à Paris.

La France est en pleine effervescence : dans les douze années depuis la fin de la guerre elle a eu droit à vingt-quatre gouvernements et à quatre-vingt-neuf propositions de révision de sa Constitution. Mais les gens ne s'en préoccupent pas trop : d'après un sondage récent, seulement 41 % des conversations françaises portent sur la politique, alors que le sujet numéro un, avec un score de 47 %, c'est Brigitte Bardot. (Elle boude en ce moment le Festival de Cannes, et *Le Figaro* s'en indigne.)

De façon générale, la vie est belle – et moderne. Le chômage est inexistant, les voitures sont chromées, la télévision illumine les foyers, les cinéastes font de nouvelles vagues, les bébés font boom et Picasso s'attaque à *Icare des ténèbres*, une fresque géante pour l'Unesco qui montrera, promet-il, « l'humanité apaisée qui tourne son regard vers un avenir heureux ».

Certes, tout n'est pas parfait. Çà et là, même en France, certains signes laissent croire que l'humanité aurait encore quelques petits progrès à faire.

Par exemple, quatre cent mille jeunes Français, ayant subi un entraînement militaire en Allemagne, se trouvent actuellement en Algérie pour participer – non à une guerre, bien sûr, mais à un processus de pacification qui s'avère, disons, assez délicat.

Ou par exemple...

Oh ! soyez mon Dante et je serai votre Virgile, donnez-moi la main, donnez-moi la main, n'ayez crainte, je resterai à vos côtés, ne vous abandonnerai point pendant la lente spirale descendante des marches...

1

Elle est là, Saffie. On la voit.

Face blanche. Ou pour mieux dire : blafarde.

Elle se tient dans le couloir sombre du deuxième étage d'une belle maison ancienne rue de Seine, elle est debout devant une porte, sur le point de frapper, elle frappe, une certaine absence accompagne tous ses gestes.

Elle est arrivée à Paris il y a quelques jours à peine, dans un Paris qui tremblotait derrière la vitre sale, un Paris étranger, gris, plomb, pluie, gare du Nord. Ayant pris le train à Düsseldorf.

Elle a vingt ans.

Elle n'est ni bien ni mal habillée. Jupe grise plissée, chemisier blanc, socquettes blanches, sac en cuir noir et chaussures assorties, sa tenue vestimentaire est d'une grande banalité – et pourtant, à bien la regarder, Saffie, elle n'est pas banale. Elle est bizarre. On ne comprend pas d'abord à quoi tient cette impression de bizarrerie. Ensuite on comprend : c'est son extraordinaire manque d'empressement.

De l'autre côté de la porte sur laquelle elle a frappé, à l'intérieur de l'appartement, quelqu'un travaille à la flûte les *Folies d'Espagne* de Marin Marais. Le ou la flûtiste reprend à six ou sept reprises la même phrase musicale, cherchant à éviter l'erreur, la brisure de rythme, la fausse note, et finit par la jouer à la perfection. Mais Saffie n'écoute pas. Elle est là, devant la porte, et c'est tout. Voilà près de cinq minutes qu'elle a frappé, personne n'est venu lui ouvrir et elle n'a ni frappé une deuxième fois ni tourné les talons pour repartir.

La concierge, qui a vu Saffie pénétrer dans l'immeuble tout à l'heure et qui arrive maintenant au deuxième étage pour distribuer le courrier (elle prend l'ascenseur jusqu'au dernier et descend ensuite à pied, étage par étage), est étonnée de voir la jeune inconnue ainsi figée devant la porte de M. Lepage.

— Mais ! s'exclame-t-elle.

C'est une femme obèse et laide, dont le visage est parsemé de nævus à poils mais dont les yeux contiennent énormément de tendresse et de sagesse à l'endroit des êtres humains.

— Mais il est là, monsieur Lepage ! Vous avez sonné ?

Saffie comprend le français. Elle le parle aussi, mais de façon hésitante.

— Non, dit-elle. J'ai frappé.

Sa voix est grave, douce et un peu rauque : une voix à la Dietrich, moins les simagrées. Son accent n'est pas grotesque. Elle ne dit pas *ch* à la place de *j*.

— Mais il ne vous entend pas ! dit Mlle Blanche. Il faut sonner !

Elle appuie longuement sur le bouton de la sonnerie et la musique s'interrompt. Sourire jubilant de Mlle Blanche.

— Voilà !

Se penchant en avant avec difficulté, elle glisse le courrier de M. Lepage sous sa porte et s'éclipse dans l'escalier.

Saffie n'a pas bougé. Elle est d'une immobilité vraiment impressionnante.

La porte s'ouvre avec violence. Flot de lumière dans la pénombre du couloir.

— Ça va pas, non ?

Raphaël Lepage n'est pas en colère, il fait seulement semblant. Il se dit que l'on ne devrait pas sonner aussi agressivement pour une demande d'emploi. Mais le silence de Saffie le frappe de plein fouet. Il accuse le coup. Se calme, se tait.

Les voilà face à face, l'homme et la femme qui ne se connaissent pas. Ils se tiennent de part et d'autre du seuil de la porte, et ils se dévisagent. Ou plutôt, lui la dévisage et elle... est là. Raphaël n'a jamais vu cela. Cette femme est là, et en même temps elle est absente ; ça saute aux yeux.

Quand, à l'instant, la sonnerie a retenti de son *fa* bécarre strident, il était justement en train de jouer un *fa* dièse aigu. Horripilé par la dissonance, il s'était arrêté, éperdu. En suspens entre les deux mondes. Ni dans ce monde-là, où l'air ruisselle et tremble de nuances sonores, ni dans celui-ci, où de jeunes femmes répondent à son annonce dans *Le Figaro*.

« Merde ! » Et il avait posé avec soin sa Louis Lot sur le velours bleu de l'étui ouvert, avant de traverser les tapis du salon et de longer le parquet du couloir. Autour de lui, tout reluisait et rutilait, respirant le bien-être et le bon goût ; les couleurs étaient rouge et brun et or, les textures donnaient envie de caresser, tapisseries murales, meubles en chêne lisse, c'était feutré, raffiné et chaleureux mais – dans le rai de lumière dansaient des millions de particules de poussière – cela avait besoin qu'on l'entretienne.

La mère de Raphaël lui avait donné de méticuleuses instructions à ce sujet la semaine d'avant, en lui cédant l'appartement parisien pour se retirer avec armes, bagages et domestique dans leur propriété en Bourgogne. Il fallait d'abord savoir rédiger une annonce pour *Le Figaro*, et ensuite trier sur le volet. Attention aux chapardeuses ! Ça se voyait tout de suite à leurs yeux, elles avaient le regard en zigzag.

« Ch. b. à tt f. pour petit ménage, logée, sach. cuisiner. »

Annonce minimaliste, choisie par Raphaël parce qu'il a horreur de jouer les bourgeois, et par Saffie parce qu'elle ne contenait ni « références exigées » ni « bonne moralité ».

Tout à l'heure au téléphone, cette fille avait un accent ; de quel pays ? Raphaël n'aurait su le dire mais son français semblait incertain. Ce n'était pas pour lui déplaire. Il ne voulait surtout pas d'une pipelette comme Maria-Felice, domestique portugaise et confidente de sa maman depuis des lustres. Il lui expliquerait, à son employée future, qu'il était ultra-sensible aux sons. Qu'il ne fallait pas songer à passer l'aspirateur lorsqu'il se trouvait à la maison. Qu'il n'était pas question de chantonner en époussetant les meubles. Qu'une chute de casseroles à la cuisine pendant ses heures de répétition serait un motif de renvoi.

Maintenant il ouvre violemment la porte, feignant la colère :

— Ça va pas, non ?

Cligne des yeux pour s'habituer à l'obscurité du couloir, cherche à vérifier le regard en zigzag, et s'arrête net.

Qu'est-ce ?

Sourire qui semble peint. Bras ballants le long du corps. Corps gracile. C'est tout ce qu'il a le temps d'enregistrer avant de basculer, tête la première, au fond de ses yeux. Yeux vert opaque, tels deux fragments de jade. Étangs placides, sans reflet et sans mouvement.

Dès ce premier instant, c'est l'indifférence de Saffie qui fascine Raphaël, le captive, l'envoûte. Dès ce premier instant, avant même de connaître son nom, Raphaël comprend que ça lui est égal, à cette jeune femme, de décrocher ou de ne pas décrocher un emploi. De vivre ou de ne pas vivre. Elle est livrée, abandonnée au monde, sans passion et sans peur. Elle n'a ni la pudeur hypocrite et calculée des filles comme il faut, ni l'impudence tout aussi calculée des putes. Elle est là. Il n'a jamais vu cela.

— Entrez, je vous prie, dit-il enfin d'une voix tout autre, douce et respectueuse.

Il voit que les mouvements de Saffie, avançant dans le vestibule, sont empreints de la même immobilité que ses yeux, et de la même indifférence. En refermant la porte derrière elle, son estomac fait un mouvement tellement insensé qu'il doit s'arrêter pour reprendre son souffle, les yeux rivés sur le bois de la porte, avant de pouvoir se retourner.

Ensuite il la précède dans le couloir, sentant son regard vide et vert sur l'arrière de sa tête.

Elle prend place dans un fauteuil au salon, en face de lui sur le canapé, et ne parle pas. Ses yeux fixent le tapis. Il en profite pour détailler en vitesse son apparence. Cheveux mi-longs retenus en queue de cheval par un simple élastique. Front haut, pommettes saillantes, lèvres enduites de rouge, oreilles coquilles parfaites serties de fausses perles, nez et arcades sourcilières ciselés : un visage bien dessiné, sur lequel on ne lit rien. Aucune minauderie, aucune coquetterie, rien. Le maquillage et les bijoux jurent avec la spectaculaire neutralité des traits. Raphaël en est comme hébété.

Par réflexe, il tend la main et s'empare de la petite clochette en bronze pour appeler la bonne, demander qu'elle leur apporte du café – puis se ressaisit, rit en dedans, il n'y a pas de bonne, c'est elle la bonne, où sommes-nous, qui êtes-vous, ma chère...

— Vous êtes mademoiselle...

— Je m'appelle Zaffie, dit-elle, et, quand il lui demande de répéter, puis d'épeler, c'est par un S que cela commence, son nom est Saffie mais se dit Zaffie, parce qu'elle est d'origine allemande.

Allemande. Le mot lui-même presque tabou dans cette maison rue de Seine. Sa mère ne disait ni les Boches ni les Chleuhs ni les Fridolins ni même les Allemands, elle disait simplement *ils* et du reste, le plus souvent, elle ne disait rien du tout, elle se contentait de serrer les lèvres jusqu'à ce qu'on ne les voie plus, rien qu'une ligne rouge horizontale au milieu de son étroit visage osseux car, même si son époux n'était pas précisément mort en les combattant, c'était quand même par la faute des Allemands que Mme de Trala-Lepage s'était retrouvée veuve à quarante ans avec encore tant d'années à vivre et zéro espoir de connaître à nouveau l'amour, les caresses, les cadeaux d'un homme. Le père de Raphaël, professeur d'histoire à la Sorbonne, spécialiste de la pensée laïque et humaniste, avait trouvé sa fin dans le quartier des Halles pendant le terrible mois de janvier 1942, lorsqu'un camion chargé de pommes de terre avait été pris d'assaut et renversé, lui dessous, par une meute de ménagères frénétiques. (Quant à savoir ce que faisait le brave professeur rue Quincampoix à six heures du matin avant de périr sous le poids lourd...)

Deux ans plus tard, l'Occupant avait massacré quatre résistants juste devant leur maison et Raphaël, les mains serrant le fer forgé du balconnet, s'était penché par la fenêtre du salon pour voir la mare de sang – les coups de feu ne crépitaient plus depuis une bonne minute déjà, tout était terminé, les jeunes gens n'étaient plus jeunes gens mais cadavres, un tas de chair inerte, et comment faire pour ne pas regarder ça, Raphaël penché loin loin en avant, sa tête aux belles boucles noires tout au bout de son cou tendu, ses doux yeux bruns s'écarquillant pour voir, non pas la mort mais la vérité derrière la mort, derrière cet amas chaotique de bras et de jambes, cette étreinte sanglante de quatre camarades tombés ensemble – mais – hurlement hystérique de Mme de Trala-Lepage, vrillant le tympan de son fils musicien – « *Qu'est-ce que tu fais ?* Tu es fou ! Referme la fenêtre, mon Dieu ! Je n'ai plus que toi au monde, je ne veux pas qu'ils me prennent tout... ! »

Raphaël est convaincu que, sans l'interdiction explicite et inébranlable de sa mère, il se serait engagé dans la Résistance à la fin 1943 (il avait l'âge de le faire, il avait quinze ans et ne rêvait que de rejoindre les rangs romantiques des FFI), mais comme son père était mort et que sa mère n'avait d'autre enfant que lui, il avait dû se contenter d'apporter à la lutte contre les Allemands un soutien tout moral et intérieur. C'est pour cette même raison, à savoir la mort quasi glorieuse de son père en combattant au sens large du terme pour la patrie, que Raphaël n'avait pas été appelé pour servir en Algérie. En lieu et place, il avait fait le Conservatoire. Et brillamment. Et heureusement, car ses convictions politiques l'eussent plutôt fait pencher en faveur d'une Algérie indépendante. Avec le moins de dégâts possible, bien entendu, pour l'image de la France.

Or voilà que Saffie une Allemande est assise là devant cette même fenêtre du salon, et personne n'a été assis de cette manière dans ce salon depuis sa construction au milieu du XVIIe siècle. Personne.

Elle sourit fixement de ses lèvres pleines et peintes. Ses grands yeux verts sont posés sur Raphaël en une attente dépourvue d'impatience.

Raphaël est si obnubilé par sa présence qu'il en oublie presque la raison et le prétexte. Il se lève et se met à arpenter la pièce, passant les doigts à travers ses épaisses boucles noires dans un geste qui lui est coutumier depuis l'adolescence – geste de fébrilité, geste d'artiste, la main gauche qui remonte, doigts écartés, depuis le front jusqu'au sommet du crâne – seulement ce tic commence à devenir saugrenu parce que les boucles noires reculent de plus en plus loin sur son front ; oui le fait est qu'à vingt-huit ans Raphaël Lepage souffre d'une calvitie précoce de sorte que sa main gauche, en exécutant son mouvement, ne rencontre plus pendant les trois quarts de son trajet que de la peau nue.

Tout en arpentant la pièce et en passant la main sur son front dégarni, Raphaël parle. Il décrit les tâches et les responsabilités qui incomberont à celle qu'il se propose d'engager comme domestique. À dire vrai il est plutôt mal versé dans ces affaires domestiques et parle plus ou moins à tort et à travers, suivant les images de Maria-Felice qui lui reviennent en tête : Maria-Felice montée sur un escabeau en train de laver les carreaux, Maria-Felice lui apportant le petit déjeuner et le courrier à 8 h 45, le thé à 17 heures, Maria-Felice revenant des courses, servant la soupe, Maria-Felice portant sur son dos dans l'escalier de service le sac de bûches pour la cheminée... Avec force gesticulations et pantomimes, Raphaël résume tout cela de son mieux, jetant de temps à autre un regard sur la jeune femme pour vérifier qu'elle le suit. Elle le suit, du moins en apparence. Elle a l'air de comprendre, mais... on dirait que cet air lui est inné. Elle semble avoir tout compris, à tout sujet, depuis toujours.

Il précise qu'il est flûtiste professionnel, qu'il travaille avec un orchestre (il articule avec soin le nom de l'orchestre en question mais les yeux de Saffie ne cillent pas, les sourcils de Saffie ne se lèvent pas, la bouche de Saffie ne bée pas ; d'évidence elle n'en a jamais entendu parler). Il ajoute qu'il s'absente souvent pour voyager, que ses absences sont parfois courtes (concerts en province), et parfois longues (tournées à l'étranger) ; que les corvées de Saffie pendant ces périodes seront naturellement moins nombreuses, mais qu'il lui sera loisible (comprend-elle « loisible » ?) de profiter de ses heures libres pour, par exemple, polir l'argenterie.

Sa chambre est située au sixième étage. Visites rigoureusement interdites. Il parle maintenant à l'indicatif, comme s'ils étaient déjà tombés d'accord sur les horaires, le salaire, le fait même que c'est elle, Saffie, qui prendra cet emploi, qui viendra s'occuper de lui, Raphaël Lepage, flûtiste en passe de devenir célèbre, dans son grand appartement de la rue de Seine ; qu'à partir de demain matin et jusqu'à nouvel ordre, cette jeune Allemande bizarre et silencieuse va épousseter ses livres, sucrer son thé, repasser ses chemises, laver ses sous-vêtements et changer les draps de son lit après le passage de ses amantes.

— C'est d'accord ?

Lentement, elle hoche la tête, oui.

— Où se trouvent vos affaires ?

— Pas beaucoup d'affaires. Deux valises seulement. Je les cherche maintenant ?

Mon Dieu sa voix. Il ne l'avait pas encore remarquée. Une voix sidérante de fragilité. Il est paralysé. Doit se secouer pour ne pas rester là à la fixer bêtement. Se secouer encore, pour saisir en écho intérieur le sens des mots qu'elle vient de prononcer.

2

Les valises de Saffie se trouvent au Foyer des jeunes filles, boulevard Saint-Michel, et les fenêtres de sa chambre au foyer donnent sur le jardin du Luxembourg. La distance n'est pas bien grande entre l'appartement de Raphaël Lepage et le Foyer des jeunes filles, c'est même un trajet assez merveilleux : la rue de Seine commence (comme son nom l'indique) à la Seine et remonte, en devenant la rue de Tournon, vers le palais du Luxembourg, siège du Sénat dans ce beau pays où Saffie vient d'émigrer. Génial trompe-l'œil, la rue s'évase légèrement sur sa dernière centaine de mètres, faussant la perspective et donnant l'impression de parallèles parfaites à celui qui contemple le Sénat depuis le boulevard Saint-Germain. Cela, elle n'est pas obligée de le savoir ; en revanche il serait normal qu'elle jette un coup d'œil à droite à gauche en remontant la rue. De part et d'autre : galeries d'art, magasins d'antiquités, cafés débordant d'individus créatifs en train d'allumer des cigarettes et d'exhaler, en même temps que la fumée, de péremptoires opinions politiques et littéraires, vitrines remplies d'estampes japonaises, de mappemondes anciennes ou de tapis persans... Elle n'a que l'embarras du choix, Saffie. Or elle marche d'un pas égal, ni pressé ni paresseux, regardant devant elle et ne voyant rien. Elle n'attire pas l'attention, n'allume pas le regard des hommes jeunes et moins jeunes attablés à la terrasse de *La*

Palette ; c'est comme si elle était invisible, un fantôme. Pourtant, elle est bien réelle, elle connaît les us et coutumes de l'existence urbaine : elle s'arrête par exemple au feu rouge avant de traverser le boulevard.

Contournant le Sénat, elle pénètre dans le vaste jardin – en ce moment à son acmé d'éclosion, de floraison, de poésie à pétales et à parfums. Les traits neutres, les yeux vitreux, elle passe devant les statues de marbre, les jets d'eau, les petits garçons dirigeant leurs petits bateaux dans le plan d'eau, les palmiers que l'on vient juste de sortir des serres où ils ont hiverné, les tilleuls et la douceur de leur ombre, les cafés installés dans cette ombre douce, la fontaine de Médicis avec ses intellectuels assis face à face sur deux rangées de chaises payantes en train de lire Jean-Paul Sartre ou de s'embrasser, en y mettant les formes et la langue. Elle ne se glisse pas derrière la fontaine pour contempler, émue, le haut-relief en bronze bleui de Léda, triomphalement violée par le dieu des dieux en forme de cygne.

Elle a déjà vu ça, Saffie. Elle a tout vu.

Elle ressort du jardin côté boulevard Saint-Michel, pénètre dans le foyer et va droit à la réception, où elle règle les nuits qu'elle y a passées ; ensuite elle monte au premier chercher ses valises, rend la clef et refait le même trajet en sens inverse, le visage toujours de pierre.

Si incroyable que cela puisse paraître, Raphaël la guette sur le balconnet. Il n'a pas repris le Marin Marais, sa flûte est toujours posée sur le velours bleu de son étui ouvert. D'ordinaire, il prodigue à son instrument des soins maniaques. En principe l'intérieur doit être soigneusement essuyé après chaque utilisation, sans quoi les gouttes de salive formées par le souffle condensé se mettent à attaquer le métal et les tampons, entraînant à la longue rouille et pourrissement. Mais dans le cœur de Raphaël, déjà, c'est jour de fête. Il est fou de bonheur à l'idée que cette jeune femme impénétrable va venir habiter sous le même toit que lui ; c'est pourquoi il guette son retour sans même prendre la peine de se cacher, se tenant sur le balconnet de la fenêtre, taraudé par l'idée qu'elle pourrait ne pas revenir, qu'elle pourrait disparaître aussi mystérieusement qu'elle a surgi... voire qu'il a pu halluciner sa visite.

Il ne se dit pas : « Tu es fou. Une bonniche... tout de même. » Non. Il ne cherche pas à justifier l'importance absurde que vient de prendre cette étrangère dans sa vie. C'est comme ça, l'amour.

La voyant redescendre le trottoir à pas heurtés et laborieux, portant dans chaque main une valise lourde, il sursaute, effaré : comment n'a-t-il pas pensé à l'accompagner, ou du moins à lui payer un taxi ? Il n'avait pas imaginé qu'elle pût faire le trajet à pied en portant ses bagages. Il se maudit. Se précipite dans l'escalier. Court à sa rencontre dans la rue. Il ne peut s'en empêcher. C'est comme ça, l'amour.

— Saffie ! s'écrie-t-il, en arrivant à sa hauteur.

Il faut à tout prix le lui cacher, cet amour – et ce pendant un bon moment – pour ne pas l'offusquer, l'effaroucher, lui donner un prétexte pour s'en aller. Il faut, tout en se montrant cordial, préserver un semblant de dignité et de distance, d'employeur à employée.

— Excusez-moi, je suis bête, j'aurais dû vous payer un taxi... J'espère que vous ne vous êtes pas trop fatiguée ? Par cette chaleur, en plus...

Posant les valises sur le trottoir encombré de la rue de Seine, Saffie regarde Raphaël. Pour la première fois elle le regarde vraiment. Peut-être n'a-t-elle pas compris ce qu'il vient de dire ? Mais si... Mais non... Brutalement elle éclate de rire. À la terrasse de *La Palette*, les têtes se tournent vers elle, vers eux, et Raphaël se rembrunit : il n'aime pas se donner involontairement en spectacle. Le rire de Saffie est fort et féroce ; puis il s'arrête. La jeune femme s'éclipse à nouveau derrière son masque blême au sourire artificiel.

— Ce n'est rien, dit-elle.

Et ramasse les valises. Mais, sur l'insistance de Raphaël, lui en passe une.

Dans l'ascenseur exigu, récemment construit dans la cage d'escalier de cette belle maison ancienne, il y a tout juste la place pour deux adultes avec deux valises. Raphaël est dérouté de percevoir de si près, la touchant presque, l'absence de Saffie. Il sent son parfum et sa sueur, voit son chemisier plaqué par la transpiration contre sa peau, devine la forme de ses seins, puis baisse les yeux pour ne plus la regarder car son sexe est en érection pleine, battante... Et, pendant tout ce temps, ces cinquante longues et belles et palpitantes secondes qui séparent le rez-de-chaussée du sixième étage, Saffie est ailleurs.

À vrai dire l'ascenseur ne monte qu'au cinquième, et c'est à pied que l'on doit gagner le dernier étage où se trouvent les chambres de bonne. Raphaël fait exprès de précéder Saffie dans l'escalier, pour ne pas se torturer en regardant bouger ce qui bouge sous sa jupe.

Il est maître de soi. En sortant la clef pour ouvrir la porte, en montrant à Saffie les toilettes à la turque qu'elle partagera avec les autres habitants de l'étage – et, au fond du couloir, le petit lavabo, son robinet d'eau froide, son miroir fêlé –, il n'a ni les mains ni la voix qui tremblent. Comme tous les artistes de la scène, il a développé de solides techniques pour surmonter le trac. Respiration, relaxation, concentration intense sur un objet ou une odeur n'ayant rien à voir avec ce qui, dans la situation, vous déstabilise. Raphaël Lepage sait se contrôler. Chaque souffle, chaque muscle, presque chaque molécule de son corps est soumis aux ordres de son cerveau.

Il a appris la patience.

Retenir ses forces lui permet de les sentir.

C'est un homme mûr.

Saffie regarde tout ce que lui montre Raphaël ; elle parle peu mais hoche la tête de temps à autre pour indiquer qu'elle a compris.

— Alors, c'est bon ?

Il mentionne enfin un chiffre – salaire mensuel plutôt piteux même en tenant compte du fait qu'elle sera logée et nourrie – et ose un grand sourire.

— C'est bon, dit Saffie aussitôt.

Raphaël la regarde au fond des yeux et se heurte au mur de jade. Retirant de la poche de son pantalon une belle montre à gousset, seul objet qu'il ait voulu garder des effets personnels de son père, il feint de s'étonner :

— Mais... il est près d'une heure, vous devez être morte de faim !

— Morte, non, dit Saffie.

— Ah ah ah ! dit Raphaël à tout hasard, pour voir si elle plaisantait. Façon de parler, ajoute-t-il.

À cela, elle ne répond pas.

— Je veux dire, est-ce que vous avez faim ?

— Oui.

— Alors venez, je vais vous montrer la cuisine en bas, et on cassera la croûte ensemble ; comme ça ce sera fait...

— Casser quoi ?

Où s'en va-t-il comme ça, Raphaël Lepage, à proposer de manger avec la bonne deux heures à peine après avoir fait sa connaissance ? Il n'en a pas la moindre idée. Et, comme le fait de ne pas avoir essuyé sa flûte, cela lui donne une agréable sensation de vertige. Si sa mère le voyait... Oh ! et puis, elle avait bien pris

Maria-Felice en amitié, sa mère, les deux femmes mangeaient très souvent en tête à tête, il ne voit pas où est la différence.

Il voit où est la différence.

Re-ascenseur, re-érection, re-exercice de détente, re-clef dans la serrure sans tremblement de la main. À la cuisine, les explications de Raphaël sont émaillées de petites anecdotes pour mettre Saffie à l'aise. Il lui apprend en passant comment marche la cuisinière (à gaz, les allumettes sont là), où se trouve le marché le plus proche (rue de Buci), quels sont les goûts et dégoûts alimentaires de son nouvel employeur (il raffole du poisson, exècre choux et choux-fleurs, confesse un faible pour les pâtisseries aux fruits rouges).

— Quel genre de cuisine avez-vous l'habitude de faire ? la cuisine allemande ?

— La cuisine... allemande ? répète Saffie, comme s'il venait de produire un énoncé dénué de sens. Et Raphaël de s'esclaffer, heureux de ce qu'il imagine être leur complicité :

— C'est vrai, ils n'ont pas inventé grand-chose en matière gastronomique, les Allemands. À part la choucroute ! et ça, c'est comme tout ce qui est choux : très peu pour moi !

Le sourire fixe de Saffie tremble légèrement. Veut-elle lui faire comprendre qu'elle non plus n'est pas une fanatique de la choucroute ? Pour autant, elle ne lui dit pas ce qu'elle est capable de faire.

Il verra bien.

En attendant, il sort du réfrigérateur des œufs et de la salade romaine. Il lui montre les placards où se rangent, depuis bien avant sa naissance, condiments et épices, huiles et vinaigres, assiettes et verres, couverts et casseroles... et lui demande gentiment de l'appeler quand tout sera prêt.

Saffie pose alors sa première question.

— Avez-vous, dit-elle, un... un... ?

Le geste vient suppléer au mot manquant : il sort d'un tiroir un tablier propre et le lui passe, refrénant l'envie incongrue de le lui nouer autour de la taille.

— Tablier, murmure-t-il. Ça s'appelle un tablier.

— Oui, dit Saffie. Tablier. Je pensais tableau. Tablier. J'étais confondue.

— À tout à l'heure.

— Oui.

Le déjeuner est irréprochable.

Sauce de salade en émulsion parfaite, blanc des œufs pris mais non le jaune, baguette coupée à l'angle, serviettes bleues pliées en triangle à gauche des assiettes, verres en cristal, carafe d'eau... Irréprochable, même si Saffie ignore la moitié des mots qui désignent ce qui se trouve sur la table.

— Merci, dit Raphaël en s'asseyant.

Il mange avec appétit, la tête dansante encore des *Folies d'Espagne* qu'il a rejouées en attendant le déjeuner, et qu'il doit jouer en concert après-demain. Il regarde Saffie manger et, contrairement à ce qu'aurait pu laisser croire sa maigreur, elle mange bien. Sait se servir du pain pour saucer son assiette, avale le tout sans laisser la moindre miette.

Mais c'est comme le reste : on dirait qu'elle ne sent pas ce qu'elle mange. Et qu'à la fin du repas elle serait incapable de dire, même en allemand, ce qu'elle vient d'avaler. Le regard plongé dans le vide, elle s'essuie les lèvres avec le coin de sa serviette bleue.

Raphaël n'a aucune envie de lui poser des questions banales, de faire la conversation avec elle. L'amour, oui. Mais : d'où venez-vous, où avez-vous appris le français, combien de temps comptez-vous rester à Paris – non. Il est troublé par la singularité de la situation. Troublé de se retrouver, chez lui, seul avec une jeune étrangère aux yeux verts, et qui se tait. Il vénère son silence.

Sans un mot, Saffie se lève, remet le tablier qu'elle a ôté pour manger, débarrasse la table et commence à laver la vaisselle.

— Je dois sortir, annonce Raphaël.

Elle fait oui de la tête, indifférente.

— Alors je vous donne les clefs. Tenez...

Si sa mère pouvait le voir. Donner les clefs de *son* appartement, le grand et bel appartement de la famille Trala, rue de Seine, à une Allemande.

— Ça, c'est celle de votre chambre... celle-ci, la porte de service... celle-là, la cave. Vous aimez le bon vin ?

— Oui.

Fabuleux. Comme elle n'ajoute jamais rien. Comme elle n'enrobe pas ses phrases de formules creuses, de fioritures courtoises, de commentaires névrotiques. Vous aimez le bon vin ? Oui. C'est fou, se dit Raphaël, à quel point presque toutes les phrases que les gens prononcent au cours d'une journée sont superflues.

— Bon ! dit-il à voix haute, je m'en vais. Installez-vous, reposez-vous là-haut, je ne dînerai pas ici ce soir. Demain matin je vous montrerai tout, pour le ménage. D'accord ?

— D'accord, oui. D'accord.

Elle répète le mot à voix basse, comme si elle trouvait intéressante la sensation qu'il lui procurait dans la gorge. Peut-être s'agit-il pour elle d'un nouveau mot ?

— À tout à l'heure, alors.

— À tout à l'heure alors, répète-t-elle – avec cette fois, un franc sourire. *À l'heure alors*, ça roucoulait bien, en effet.

— À l'heure alors, à l'heure alors, murmure Raphaël quelques instants plus tard, en nouant sa cravate devant la glace.

Et il sort.

Pure merveille. Une femme chez soi, que l'on paie, et à qui on n'a pas de comptes à rendre. Maman en Bourgogne de façon définitive. Personne pour le surveiller, le chouchouter, lui demander comment s'est passée sa journée... ou sa nuit.

Est-elle vierge ? se demande Raphaël en arrivant carrefour de l'Odéon et en s'engouffrant dans le métro. Sûrement pas, avec cet air qu'elle a. On dirait qu'elle en a vu, des vertes et des pas mûres. Mais l'amour ? poursuit-il, rêveur, tout en ouvrant le numéro du *Monde* qu'il vient d'acheter au kiosque. L'amour, non. Ça, je ne crois pas qu'elle connaisse. Ça, non.

3

Saffie est dans sa chambre sous les toits. Elle a défait ses valises, qui contiennent la totalité de ses biens terrestres.

Il s'agit surtout de vêtements, dont un seul mérite qu'on s'y attarde un peu – c'est l'uniforme qu'elle a volé à l'école des hôtesses d'accueil juste avant de quitter Düsseldorf, en se disant on ne sait jamais, on peut toujours se trouver acculée à un certain chic. De fait, l'uniforme est élégant : il consiste en un chapeau noir, rond et plat, d'un diamètre impressionnant (soixante centimètres peu ou prou), une robe noire moulante qui laisse les épaules dénudées, des gants noirs en dentelle, et trois grosses grappes de raisin en fausses perles blanches (une broche et deux boucles d'oreilles).

À Düsseldorf le mois dernier, malgré ce costume hautement seyant et malgré sa matière première somme toute satisfaisante, Saffie avait échoué à emporter l'adhésion dans son rôle d'hôtesse d'accueil. On avait eu beau lui expliquer : sourire, discrétion, séduction glaciale, courtoisie distante, comment marcher sur des talons aiguilles sans remuer les fesses... rien n'y faisait. Dans les exercices de simulation où elle devait accueillir les « clients », prétendument des hommes d'affaires venus pour participer au Salon de l'automobile ou de l'hôtellerie ou des assurances vie ou des arts ménagers, elle se tenait là en souriant fixement, un stylo dans une main gantée et un dossier officiel dans l'autre... mais, le moment venu, elle ne s'ébranlait pas, ne s'animait pas, n'arrivait pas à faire de cet exercice quelque chose de vivant et de significatif. Ses supérieurs hiérarchiques qui jouaient le rôle de clients, tout en lui trouvant un charme certain, furent contraints de reconnaître qu'au vu des objectifs qui étaient les leurs (miracle économique et *tutti quanti*), cette jeune femme ne faisait pas le poids. Ils la renvoyèrent donc avec gentillesse et un mois de salaire en guise de dédommagement – argent qu'elle dépensa le jour même en achetant un billet de train aller simple pour Paris. Ensuite, s'avisant que l'une de ses valises était juste assez large (soixante-cinq centimètres) pour y glisser le chapeau, elle avait décidé de ne pas restituer à l'école son élégant uniforme.

Qu'y a-t-il d'autre dans ses valises ?

Le missel de sa mère, qu'elle n'a pas ouvert depuis la mort de celle-ci douze ans plus tôt.

Une couverture en laine, pour dormir sous les ponts en cas de besoin.

Une paire de bottes fourrées.

Un manteau d'hiver en bon drap gris.

Une patte en peluche : tout ce qui reste du caniche qui fut son meilleur ami d'enfance. Tant que c'était possible, ce caniche l'avait protégée des cauchemars. Depuis la mort de son père ce n'est plus possible, mais elle garde la patte près d'elle par loyauté. Elle a perdu ses deux parents et rompu tout contact avec ses frères et sœurs mais, envers la patte de caniche, sa loyauté est indéfectible.

Voilà. Tout est rangé et il n'est que quatre heures de l'après-midi, Saffie n'a plus rien à faire avant demain. Elle s'allonge sur son lit et regarde le plafond. Ne dort pas. Ne lit pas. Ne rêvasse pas. Au bout d'un moment, elle se relève, va jusqu'aux toilettes sur le palier et manque vomir. Cette coprésence chez les Français du sublime et de l'ignoble, de la philosophie et des pissotières, des créations spirituelles les plus brillantes et des déchets corporels les plus immondes, ne cessera jamais de prendre les Allemands au dépourvu.

Elle retourne à l'appartement vide du deuxième étage, fouille sous l'évier, trouve une brosse et de l'Ajax, un seau et une serpillière, et remonte au sixième nettoyer les toilettes à la turque. Frotte furieusement, en retenant son souffle et en serrant les dents, les excréments d'une dizaine d'inconnus, ses voisins de palier. Elle n'a pas le choix. Elle ne peut faire autrement. Quand c'est terminé elle retourne à sa chambre et s'allonge à nouveau sur son lit, les yeux ouverts. Regarde le plafond.

Raphaël, pendant ce temps, a eu une journée tout aussi pauvre en événements romanesques. Il est allé à une répétition avec son orchestre. Trois heures et demie durant, ils ont travaillé Bach et Ibert – et ensuite, comme Raphaël se sentait dans une forme rare, il leur a fait écouter le Marin Marais. Le souffle circulaire marchait à merveille...

Raphaël peut jouer de la flûte presque indéfiniment, sans s'interrompre pour reprendre son souffle, car il a appris à inspirer par les narines tout en expirant par la bouche. C'est une technique d'une difficulté redoutable (peu de musiciens la maîtrisent, Rampal lui-même a dû y renoncer), mais Raphaël s'est acharné dix ans durant à la mettre au point. Chaque fois qu'il s'ennuyait, par exemple en écoutant l'interminable litanie de complaintes de sa mère ou pendant les cours de solfège au Conservatoire, il se concentrait sur son souffle.

Avant la guerre, M. Lepage père avait enseigné les échecs à son jeune fils en lui racontant les péripéties passionnantes de la Révolution française, lui récitant par cœur les discours enflammés de Robespierre, lui décrivant par le menu l'affûtage de la lame de la guillotine, les foules massées place de Grève, le bruit mat que faisaient les têtes en tombant dans le panier, le panier débordant parfois en fin de journée de têtes hirsutes et sanguinolentes, aux yeux fous grands ouverts... « Échec et mat, mon fils ! » exultait-il ensuite.

C'est ainsi que Raphaël avait appris à faire deux choses à la fois, les séparant tout en les coordonnant. C'est un talent assez particulier. Outre le souffle circulaire, il lui permet d'équilibrer son budget en parlant avec un ami au téléphone, ou de détailler les appas d'une nouvelle conquête en se délectant voluptueusement d'un gâteau aux framboises.

Son solo avait arraché des cris admiratifs aux autres membres de l'orchestre : Raphaël baignait dans le bonheur. (Il aime qu'on l'aime, il aime méduser son public, le conduire hors du monde : *Le Joueur de flûte de Hamelin* est depuis l'enfance son conte préféré.) En fin d'après-midi, il a profité du beau temps pour flâner chez les bouquinistes en face de Notre-Dame et rendre visite aux deux magasins de musique sur les quais, situés symétriquement de part et d'autre de la place Saint-Michel. Ensuite il a filé dîner dans le dix-septième chez un camarade tromboniste – et, après le repas pris en famille, les deux hommes sont descendus boire un whisky place Clichy. Raphaël a écouté d'une oreille compatissante la litanie des problèmes pécuniaires de son ami, tout en suivant de l'autre oreille, à la table voisine, une conversation houleuse portant sur les « événements » en Algérie. (Deux cent cinquante personnes – femmes, enfants, vieillards – venaient d'être égorgées, démembrées, décapitées dans le village de Mélouza par des combattants du Front de libération nationale, dans le contexte de leur querelle avec les combattants du Mouvement national algérien. En réaction, deux cent cinquante Algériens de Paris, originaires de cette région, venaient de s'engager dans l'armée française.)

Il est près de deux heures du matin quand Raphaël rentre rue de Seine. Levant les yeux vers le dernier étage, il voit que la petite lucarne de Saffie est éclairée. Cela le surprend – et, un moment, son cœur bat en accéléré.

Saffie est une domestique à tous égards remarquable. Sa cuisine est simple mais savoureuse et son uniforme – étroite jupe noire, blouse et tablier blancs – est toujours immaculé. Elle dit « Oui, Monsieur », « Bonjour, Monsieur », « Bonsoir, Monsieur », et n'oublie jamais de sourire. Elle nettoie en profondeur et sans bruit. Elle profite des absences de Raphaël pour passer l'aspirateur, cette géniale invention qu'a léguée la Seconde Guerre mondiale à ceux et surtout à celles qui lui ont survécu, leur permettant de nettoyer des tapis sans les secouer par la fenêtre.

Les jours s'écoulent, et arrive le mois de juin. Oui, cela se passe un soir près du début du mois de juin.

Ce soir-là aussi, Raphaël rentre un peu ivre à deux heures passées. Ce soir-là aussi, il voit la lampe allumée dans la chambre de Saffie. Elle ne dort donc jamais, cette jeune fille ? Tous les jours elle est debout, lavée et habillée avant 7 h 45, quand elle frappe à la porte de sa chambre pour lui apporter le petit déjeuner.

Le lendemain matin, Raphaël décide que son sérieux et sa bonne foi étant maintenant établis, le moment est venu de laisser transparaître un peu de curiosité.

— Vous vous couchez tard, demande-t-il à Saffie en souriant, ou bien vous dormez tous feux allumés ?

Les yeux de jade lui lancent un regard indigné, presque haineux. Saffie se détourne sans mot dire, mais la brève flamme de colère a ému son employeur. Se redresse dans le lit, il tend une main et attrape, non sans douceur, le bras nu de Saffie, à l'endroit le plus charnu de ce membre peu charnu, là où s'arrête la courte manche de sa blouse blanche.

Saffie se fige.

Elle ne se fige pas comme quelqu'un qui a peur, mais comme quelqu'un qui sait à quoi s'attendre. Cette immobilité n'est pas différente de celle qui la caractérise le reste du temps. Comme d'habitude, à peine autrement que d'habitude, son corps et tout son être semblent en attente.

Et cela se produit. Raphaël l'attire à lui, la fait s'asseoir sur le bord du lit ; elle ne résiste pas. Il la fait lentement basculer en arrière et retire l'élastique de sa queue de cheval, de sorte que ses cheveux se répandent sur le drap qui lui recouvre le haut des cuisses ; elle ne cille pas. Il dit son nom, très bas :

— Saffie.

Il sait qu'elle doit sentir, sous sa nuque, à travers le drap, son sexe qui enfle et durcit ; elle ne se redresse pas, ni ne se tourne vers lui.

— Saffie, répète Raphaël, ému par le contact de sa peau et par la légèreté étonnante de ce corps couché en travers de ses jambes. Il se met à défaire, un à un, adagio, adagio, les boutons de sa blouse. Puis il la retourne, la met à genoux, et elle y reste.

Il n'a pas envie de la mettre nue, il a envie de lui faire l'amour dans son uniforme. Il retrousse l'étroite jupe noire, les gestes plus brusques mais toujours dénués de violence, avec seulement la brusquerie du désir, son sexe est bandé à bloc et il le contrôle, oui, il sait contrôler le déroulement des gestes de l'amour pour en tirer un maximum de beauté, comme dans une symphonie, agencer, moduler, ne pas attaquer fortissimo mais y parvenir *poco a poco*, mériter le paroxysme en tant que culmination naturelle, inéluctable, géniale, du crescendo.

Saffie porte des bas nylon et un porte-jarretelles ; ses cuisses sous ses caresses sont fines et tendues.

— Oh Saffie, oh Saffie, murmure Raphaël à son oreille. Depuis le premier jour je vous désire...

Elle ne répond pas. Il souffle plus fortement, lui parlant toujours à l'oreille, son corps enserrant la courbe de son dos. Sans ôter ses dessous, il en écarte de deux doigts le tissu soyeux et entre en elle avec une grande et belle lenteur. Elle ne cherche nullement à se libérer de son emprise, ce n'est pas la première fois, c'est clair, elle sait ce que c'est, et il avance en elle avec de longs râles répétés (Gluck, *Le Triomphe de l'amour*) – se retenant, se retenant, puis ne se retenant plus, se laissant porter par le torrent, criant maintenant son nom, l'aimant, se donnant, éclatant presque en larmes à la fin tant il s'est donné, peut-être comme jamais de sa vie auparavant, avec aucune prostituée, aucune amie petite ou grande, jamais.

Déjà Saffie s'éloigne. Se relevant, elle rajuste ses habits devant la glace de la grande armoire, glace qu'elle lave une fois par semaine, le vendredi. Elle voit son reflet dans la glace et, derrière elle, à plat sur le dos, les bras en croix, les jambes écartées dans le désordre des draps, cet individu aux boucles brunes et à la calvitie précoce. De lui elle connaît le nom, les habits avant et après lavage, les préférences culinaires ; maintenant elle connaît sa nudité aussi, et les profonds gémissements qu'émet sa gorge dans la jouissance.

Avec une certaine satisfaction elle constate que sur toute la surface brillante de la glace, il n'y a pas la moindre traînée de chiffon.

Raphaël s'absente pendant la matinée. À midi, entre eux, c'est comme s'il ne s'était rien passé. Saffie lui sert une salade niçoise et lui donne ses messages téléphoniques.

Il est fou d'elle.

Il a un concert le soir même et il joue de façon sublime, pensant à Saffie depuis les premiers accords de l'orchestre jusqu'aux derniers applaudissements. De retour à la maison, il voit sa lumière allumée, monte au sixième et gratte à sa porte comme un chat. Elle lui ouvre et ne lui pose aucune question. Elle est en chemise de nuit, une longue chemise sans charme en coton blanc, jauni par le lavage.

Cette fois il la met nue.

Il se met nu aussi et, debout près d'elle dans la chaleur étouffante, cherche son regard. C'est un très bel homme, Raphaël. Et son amour est aussi authentique qu'un autre. Il n'est pas en train de se dire qu'il se trouve avec une bonne dans une chambre de bonne. Il aspire à réveiller le désir, ou du moins l'attention, de cette étrange jeune fille. Avant de la posséder une deuxième fois, il voudrait qu'elle le reconnaisse, *lui*, qu'elle lui sourie, *à lui*. Leurs deux corps nus sont debout l'un près de l'autre et se frôlent par intermittence, il est en érection mais au lieu de la serrer contre lui il se penche pour attraper ses lèvres entre les siennes, les mouiller de sa langue. Comme tout flûtiste, il a la langue et les lèvres sensibles, subtiles, savantes.

Saffie se laisse faire.

Raphaël comprend qu'elle ne lui opposera jamais de résistance. Ni à lui, ni à un autre. Qu'elle se laissera faire. Embrasser, déshabiller. Tourner, retourner. Manipuler, mordre. Ligoter et bâillonner aussi. Frapper aussi, tuer aussi. Passe devant les yeux de Raphaël à cet instant, en fugitive image mentale, la poupée de Hans Bellmer dont il a vu des photos dans une galerie du quartier : ligotée, triturée, démembrée et remembrée de mille manières, toujours souriante, neutre, glaciale.

Mon Dieu, que lui est-il arrivé ?

Alors qu'ils ne bougent pas, leur peau à tous deux est déjà lisse et glissante de sueur.

Raphaël pose les mains sur les hanches étroites de Saffie. Lentement, il se met à genoux devant elle et la hume. La touche, de sa langue, avec une infinie délicatesse. Aimantes, ses mains se déplacent des hanches jusqu'aux fesses de la jeune femme. Et Saffie, dans la moite chaleur irrespirable de cette mansarde parisienne, regarde de loin ce qui se passe. Comme si, à nouveau, cela se passait devant une glace, ou dans un film. La tête à demi chauve de l'autre, là, qui s'affaire. Les soyeuses boucles noires. Le bruit de l'air qui va et vient, le bruit des muqueuses en contact, le bruit de la salive. Elle ne sait qui est cet homme, qui est cette femme, pourquoi rien. Soudain faible, elle oscille sur ses jambes et Raphaël, alarmé, se relève. L'attrape dans ses bras et la conduit jusqu'au lit. S'allonge près d'elle. Lui souffle de l'air frais sur le front.

— C'est formidable, le souffle, lui dit-il dans un murmure. Ça peut tout faire. Si on a froid ça vous réchauffe, si on a chaud ça vous rafraîchit... Vous vous sentez mieux ?

— Oui, dit Saffie. Il fait si chaud.

Il durcit à nouveau, rien qu'à entendre le son de sa voix. Ils sont nus et trempés côte à côte sur le lit étroit, et il lui fait l'amour. Ils ne font pas l'amour ensemble, non, loin de là : Raphaël fait l'amour à Saffie.

Et, comme au matin, il s'épand en l'aimant et en se donnant sans réserve. Saffie a les yeux fermés ou ouverts, c'est pareil. Son corps n'est pas inerte, il est absent. Statique, même lorsqu'il bouge.

Raphaël n'a pas la moindre envie de s'en aller. Chose sans précédent, il a l'impression que convergent en ce moment dans son cœur, comme dans une fugue de Bach, la beauté et la nécessité. Il lui dit, tout bas :

— Saffie... redoutant qu'elle ne lui rie au nez, après

ce qui vient de se produire entre eux, deux fois dans la même journée – je voudrais te dire « tu ».

Après un court silence, elle répond, à voix basse elle aussi :

— D'accord. Et moi ?

— Oh ! oui, je voudrais que tu me dises « tu », aussi. Bien sûr.

— « Tu », dit Saffie, sans sourire, comme pour goûter le mot sur sa langue.

— Et... et non seulement ça, poursuit Raphaël avec ardeur, avec urgence, en chuchotant toujours, mais je voudrais que... que tu viennes dormir en bas. Il fait trop chaud ici.

— Dormir où ?

— Dans mon lit. Avec moi. Si tu veux. Tu veux bien ?

Cette fois le silence est long. Le cœur de Raphaël bat de façon erratique. Il a la conscience de se jeter à corps perdu dans une histoire hautement anormale.

Saffie n'a toujours pas répondu. Alors Raphaël Lepage prononce une phrase plus anormale encore, le cœur battant si fort qu'il entend à peine les mots qui sortent de sa propre bouche. Il dit :

— Je voudrais t'épouser, Saffie.

Silence toujours. Raphaël insiste, malade d'amour.

— Tu comprends ?

Très lentement, en articulant chaque mot :

— Je voudrais que tu deviennes ma femme.

Silence. Et puis :

— D'accord, dit Saffie.

Sans le regarder, sans sourire, ce mot qu'il lui a appris le premier jour. D'accord.

4

Quand son fils lui annonce par téléphone son intention de prendre pour épouse légitime l'Allemande qu'il vient d'embaucher comme domestique, Hortense de Trala-Lepage n'est pas loin de s'évanouir.

Quatre années durant, dans la ville de Paris occupée par les Allemands, Hortense avait enduré le supplice de la pénurie. Même si la fortune familiale, à la fin de la crise économique des années trente, n'était plus ce qu'elle avait été au début du siècle quand le grand-père Trala avait effectué les premières récoltes de ses vignobles algériens, les Trala-Lepage étaient loin d'être ruinés. Mais il n'y avait rien à acheter, surtout en hiver. Et ce que l'on pouvait acheter était de si mauvaise qualité que c'en était humiliant, pour une femme qui s'enorgueillissait de donner à sa bonne des instructions précises et inventives en matière gastronomique.

Un kilo de pommes de terre, par personne et par quinze jours. Cinquante grammes de beurre par mois. Sinon : raves et choux-raves, betteraves, céleris-raves, rutabagas et topinambours. Ça sonnait presque comme un poème, mais ça ne nourrissait pas son homme – ni son enfant. Jour après jour, les panonceaux désespérants, chez les commerçants : « Pas de boucherie, Pas de pain, Pas de lait. » Rue de Seine, la famille Trala-Lepage avait eu faim. Non seulement cela, mais – « Pas de charbon » – elle avait eu froid. La mère de Raphaël se le rappelle encore. Un matin de décembre 1941, ils en avaient été réduits à brûler quelques chaises et une vieille malle pour se chauffer.

Humiliante, donc, la faim, et humiliant le froid. À cela, il fallait ajouter les alertes à la bombe : ultime et cuisante humiliation, de devoir se précipiter à la cave en robe de chambre puis attendre des heures durant, en frôlant le corps et en respirant l'haleine des voisins à qui l'on ne disait même pas bonjour dans l'escalier. Les femmes molles et tremblantes avec leurs aiguilles et leur tricot ; les hommes qui, comme dans les tranchées, sculptaient nerveusement au couteau des morceaux de bois. Et Raphaël son ange – leur ange Raphaël chéri qui, à douze ans, à treize ans, jouait doucement de la flûte dans un coin de l'abri, pour apaiser les autres et les distraire de leur angoisse...

Tout cela – les queues, la faim, le froid, la pénible promiscuité des alertes, sans parler de la mort tragique de M. Lepage père –, tout cela était la faute des Allemands.

Du reste, que savait Raphaël de cette femme, cette... quel était son nom déjà ? Un nom à dormir debout. Comment pouvait-il croire la connaître en si peu de temps ? et aller jusqu'à mettre sa vie entre ses mains ? Qu'avait-elle fait, cette Saffie, pendant la guerre ? Ce n'était qu'une enfant, je veux bien. Mais ses parents, qu'avaient-ils fait ? Le savait-il, au moins, son Raphaël ?

— Ses parents sont morts tous les deux, maman.

— Morts *maintenant*, je veux bien. Mais pendant la guerre, ils étaient morts ?

— Non.

— Et le sais-tu, ce qu'ils ont fait ? Le sais-tu, s'ils étaient complices de ce régime... monstrueux ?

— Non.

— Ah ! Tu vois bien ? !

Ton triomphant. Comme si elle venait de remporter une manche.

— Qu'est-ce que je vois ?

— Mais... c'étaient peut-être des... ils ont peut-être fait des...

— Mais enfin, chère maman...

Tenant le combiné de sa main droite, Raphaël passe les doigts de sa main gauche à travers les boucles absentes de son crâne.

— ... Tu ne veux tout de même pas suggérer que la culpabilité est héréditaire ?

— Ce n'est pas ça...

— Ou alors que Saffie aurait hérité d'une... de je ne sais quelle tare teutonique... qui la prédisposerait à la cruauté, à la perversion... ? Qu'es-tu en train d'insinuer au juste ?

— Mais je n'insinue rien du tout, mon ange... Je te dis simplement – mais alors de toutes mes forces, Raphaël, et avec tout l'amour que je te porte, et mon désir de te voir heureux dans ta vie et dans ta carrière : *Ne le fais pas !* Écoute ta mère, fais-moi confiance ! C'est une folie !

Assise à son secrétaire dans la chambre bleue au deuxième étage de son quasi-château en Bourgogne, Hortense de Trala-Lepage fond en sanglots.

— Eh ! oh, dit Raphaël, qu'est-ce que j'entends ? Elle a tant de chagrin que ça, ma mamoute ? Écoute, maman de mon cœur, il ne faut pas oublier que je suis flûtiste ! Et que depuis deux siècles, la flûte est l'emblème de l'amitié franco-allemande ! Pense à Johann Joachim Quantz, qui a inventé la clef de *mi* bémol : c'était un collectionneur d'art français ! Voltaire en personne est allé lui rendre visite dans son château de Sans-Souci !

Hortense sanglote de plus belle. On dirait qu'elle répète « Sans-Souci » avec sarcasme, mais peut-être ne s'agit-il que d'un éternuement.

— Pense à Bœhm, insiste Raphaël, au désespoir. À quoi ressemblerait ma vie sans la flûte de Theobald

Bœhm ? Et où a-t-il choisi d'en déposer le brevet ? À Paris, maman ! À l'Académie des sciences de Paris !

Toujours pas de réponse cohérente au bout du fil ; rien que des couinements et des reniflements sauvages.

Après avoir raccroché, Raphaël reste un moment dans le couloir, pensif et mécontent. Il n'avait pas prévu une réaction aussi violente de la part de sa mère, et cela le dérange plus qu'il ne voudrait l'admettre. L'indépendance, c'est très bien ; n'empêche qu'on trouverait normal que votre mère assiste à votre mariage.

Or Mme Trala-Lepage n'en démordra pas. Non seulement elle refusera de venir à Paris pour les noces de son fils ; elle refusera, catégoriquement et une fois pour toutes, de faire la connaissance de sa bru.

Raphaël ne veut pas se laisser abattre par cette cruelle décision. Il tient à être heureux, c'est dans son caractère ; de plus, il sait que c'est à lui d'apprendre le bonheur à Saffie.

Où est-elle, d'ailleurs ?

Il la trouve à la cuisine, à quatre pattes, les mains gantées de caoutchouc, en train de récurer le sol. Depuis qu'ils sont fiancés elle ne porte plus l'uniforme, mais s'acquitte des tâches ménagères avec le même perfectionnisme qu'avant, et le même sourire absent...

Il la contemple. Elle lui fait soudain un peu peur.

— Tu seras belle, le jour de notre mariage, murmure-t-il pour se rassurer.

— Oui. J'ai une robe, répond-elle en se relevant. Et, à sa surprise, elle part dans la chambre se changer.

Réapparaît, portant l'uniforme élégant de l'école des hôtesses d'accueil de Düsseldorf.

Glacé par ce noir vêtement de vamp, Raphaël frémit.

— Non, dit-il, laisse-moi t'acheter une belle robe blanche. Ça me fera plaisir. Pourquoi veux-tu porter du noir ? Ce n'est tout de même pas un enterrement !

— Si ! rétorque-t-elle, une lueur d'espièglerie dans les yeux. Tu m'as dit tu enterres ta vie de garçon, alors je porte le deuil pour elle !

Raphaël éclate de rire – elle fait déjà de l'esprit en français, la petite ! – et cède. Fou d'elle, il l'embrasse dans le cou, encore et encore, lèche et mordille ses épaules, dénudées par la robe qu'elle vient de passer, puis se met à défaire patiemment les différents rubans et agrafes et fermetures Éclair qui maintiennent ce vêtement en place sur le corps de celle qu'il aime...

Bon, ce n'est pas tout ça. Il va maintenant falloir qu'il fasse preuve de dynamisme. Saffie est mineure ; elle est étrangère ; hormis son passeport elle n'a en sa possession aucun papier officiel, aucun document prouvant qu'elle est seule au monde, orpheline des deux parents. Or, c'est bien connu, en 1957 les fonctionnaires français prennent ce genre de choses très au sérieux. Ils exigent que l'on présente des photographies de telles dimensions précisément, ni un millimètre de plus ni un de moins, de face et non de trois quarts, sur fond gris et non blanc, ou blanc et non gris, ainsi que des documents originaux notariés, signés et contresignés, tamponnés et contre-tamponnés dans six ou sept bureaux différents.

(Tout cela a énormément changé depuis, bien sûr. Les employés des mairies et des commissariats parisiens ne se comportent plus avec le mépris, la morgue et la malveillance pour lesquels ils étaient jadis célèbres. De nos jours, dès qu'on met les pieds dans une administration parisienne, on tombe dans un état voisin de l'extase. Les murs sont couverts de fresques bariolées, aux formes joyeuses et bondissantes ; les employés ont tous fait l'amour le matin avant de quitter leur lit, ils en ont encore le visage tout tendre et bouleversé, ils vous regardent avec des yeux humides et écoutent le récit de vos problèmes avec la sympathie la plus intense, à la suite de quoi, vous priant de prendre place dans un fauteuil moelleux, ils vous mettent entre les mains un chef-d'œuvre de la littérature mondiale, Anton Tchekhov ou Carson McCullers, pour vous aider à patienter... et vos problèmes, ils s'y attellent et ils les résolvent.)

Raphaël se dévoue, il n'a peur de personne. L'argent familial de sa mère et la philosophie libertaire de son père lui ont inculqué dès sa prime jeunesse une confiance sans faille en lui-même. Il a tous les droits et, si par hasard il lui en manquait un, il aurait les moyens de se l'acheter. Il accompagne donc Saffie d'un bureau de la mairie à l'autre, remplit les formulaires à sa place, discute plaisamment avec les employés ronchonneurs et renfrognés, au visage fermé et au verbe fruste.

Pour obtenir gain de cause en pareille situation, il faut avoir dans son jeu une combinaison de cartes quasi miraculeuse (nationalité française, peau blanche, charme personnel, charme pécuniaire, menace efficace de recours à la hiérarchie et ainsi de suite) ; Raphaël Lepage détient toutes ces cartes ; son mariage avec Saffie pourra donc être célébré à la mairie du 6e arrondissement de Paris, place Saint-Sulpice, quinze jours à peine après qu'il en a déposé le dossier.

Le 21 juin, solstice d'été. Ce jour-là, sans le savoir, Saffie porte déjà en son sein leur enfant. Elle n'est enceinte que d'une petite semaine ; son cycle menstruel n'en est pas encore affecté ; c'est pourquoi Raphaël s'inquiète lorsque, le matin de ses noces, elle passe un long moment à vomir dans la salle de bains.

C'est une belle journée, le 21 juin 1957. Il fait moins chaud que le jour, à peine trois semaines plus tôt, où les corps de Raphaël et de Saffie se sont mêlés pour la première fois. Une matinée splendide : la mairie est inondée de soleil, la lumière chante sur les bois clairs des parquets, des balustrades et des rampes d'escalier, il n'est pas facile de croire qu'on se trouve dans le même bâtiment où, depuis quinze jours, Raphaël court d'un bureau à l'autre en usant de son charme, de son argent et de son influence pour venir à bout du mutisme buté et bête des employés municipaux. Le mot même de « mairie », ce matin, ressemble à une anagramme de « marié ».

Ils sont mariés. Une simple cérémonie civile, sans Trala. Les témoins sont Martin le camarade tromboniste de Clichy, et Michelle son épouse. Tout le monde a juré ce qu'il fallait jurer et signé ce qu'il fallait signer. Le moment est venu de s'embrasser. Raphaël pose sur les lèvres de Saffie un baiser pur et frissonnant, le baiser le plus tendre de sa vie, un baiser Debussy, *Prélude à l'après-midi d'un faune*.

Mais le fait d'avoir quitté le célibat n'a rien changé aux lèvres de Saffie. Elles n'expriment pas un iota de sentiment de plus qu'avant le mariage.

Dorénavant, Saffie s'appelle : Mme Lepage.

Le lendemain même de la cérémonie, livret de famille en main, elle va à l'ambassade de la république fédérale d'Allemagne (sise, ô ironie, avenue Franklin-Roosevelt) et fait refaire son passeport. Les fonctionnaires allemands étant plus efficaces que les fonctionnaires français, elle obtient son nouveau document dans la semaine. On lui restitue l'ancien avec un coin découpé ; dès son retour à la maison, elle le déchire et le fourre à la poubelle.

Le nom de son père, le nom de famille qu'elle a porté durant les vingt premières années de son existence, est oblitéré à jamais.

Serait-ce la raison pour laquelle Saffie a dit si avidement, et contre toute attente, « D'accord » à Raphaël pour le mariage ?

Coup de tête ou non de sa part à lui, motifs inavouables ou non de sa part à elle, les fils de leurs destins sont irrévocablement noués : même s'ils ne le savent pas encore, la jeune Allemande et son mari français attendent un enfant. Un nouvel être est en train de se fabriquer, qui sera le croisement génétique de ces deux êtres si disparates...

Il n'y a rien à faire : les décisions qu'ils ont prises, les gestes qu'ils ont accomplis auront des conséquences.

5

Leur nuit de noces ne diffère en rien des nuits qu'ils ont déjà vécues ensemble dans ce lit : Raphaël fait l'amour à Saffie, et s'endort. Il dort du sommeil paisible d'un enfant, et le contraste est émouvant entre son visage à l'expression angélique et sa calvitie d'homme mûr. Sa belle poitrine velue, nue en cette nuit chaude de la fin juin, monte et descend avec douceur, suivant les mouvements réguliers de ses poumons. Parmi ses nombreuses autres qualités, Raphaël possède celle, rarissime, de ne pas ronfler du tout pendant son sommeil : grâce à son exceptionnel savoir-faire en matière de souffle, ses passages respiratoires sont toujours dégagés.

Quant à Saffie, comme à son habitude, elle contemple le plafond. Elle ne s'endort que vers quatre heures du matin – et dort mal, le corps agité de soubresauts qui ne perturbent nullement le repos de son nouveau mari.

Ce qu'elle ne sait pas, c'est que Raphaël a mis le réveil pour six heures du matin. Il l'a posé tout près de lui sur la table de nuit, pensant l'éteindre en un clin d'œil avant que Saffie n'ait eu le temps de se réveiller. Il veut lui faire une surprise en allant acheter des croissants à la boulangerie d'en face – que ce soit lui qui, pour une fois, lui apporte son petit déjeuner au lit. Il a envie de voir son visage s'illuminer, de sentir sa chair s'animer sous ses doigts... Il sait qu'elle ne l'aime pas – pas encore ; mais il a confiance. C'est comme la musique, se dit-il : la passion n'est rien sans la patience, l'application, le travail... mais, peu à peu, ça vient. Cela viendra, pour leur mariage aussi. Il ne peut concevoir les choses autrement. Jusqu'ici il a atteint chacun des buts qu'il s'était fixés dans la vie, sans exception. C'est pourquoi il dort si bien.

La nuit s'en va, cahin-caha, et les premiers rayons du soleil commencent à filtrer à travers les stores de leur chambre rue de Seine. (Les stores sont fermés mais, si on les ouvrait, on verrait que la fenêtre donne sur une cour intérieure avec des parterres de fleurs, des jardinières aux fenêtres, du lierre et de la vigne vierge ; on entendrait chanter pigeons et mésanges, rouges-gorges et hirondelles... tant il est vrai que, dans le vieux centre de Paris, l'argent permet presque aux riverains de se croire à la campagne.)

Le réveil sonne.

Et, d'un coup, c'est le chaos.

Saffie se met à hurler et à se débattre dans le lit, les yeux fermés.

Raphaël lance le bras au hasard vers la table de nuit et renverse le réveil, qui part valser à travers la pièce et tombe par terre près de la porte tout en continuant de sonner bruyamment pendant que Saffie continue de hurler, d'un hurlement aigu et très sonore, un hurlement de petite fille.

Paniqué, désorienté, mal réveillé, Raphaël tâtonne dans la pénombre pour retrouver le maudit réveil, le retrouve enfin, l'éteint – et se retourne.

Saffie est une boule compacte sous le drap.

Et Raphaël : paumé. Ébaubi, le pauvre. Approche et pose sur la boule une main hésitante.

La boule sursaute, rejette le drap, subitement se déploie, devient corps de femme nue qui s'élance à la salle de bains adjacente – et vomit, vomit, vomit.

Ah... Une lueur apparaît dans l'œil de Raphaël. Il

croit enfin comprendre quelque chose (mais le réveil ? mais les hurlements ?). Ainsi sa femme, Saffie sa chère, son adorée épouse, attendrait déjà un enfant de lui ?

La tête bourdonnante de bonheur, il se rassied sur le lit. Écoute le tic-tac du réveil. C'est un métronome, cent vingt battements à la minute ; il s'en sert pour mesurer les palpitations de son cœur. Il va être père, il en est sûr. À la fois calme et euphorique, il compte : son cœur bat presque aussi rapidement que le réveil. Il va être père.

Saffie revient, vêtue d'une des douze chemises de nuit qu'il lui a offertes pour leur mariage. La soie jaune donne à son visage un teint verdâtre.

Mais elle s'est reprise ; elle sourit même, et dit :

— Je faisais un mauvais rêve. Pardon. Je ne voulais pas te faire peur.

— Ne t'excuse pas, répond Raphaël en lui ébouriffant les cheveux. J'ai toujours aimé ça, avoir la frousse ! C'était comme de me réveiller au milieu de la Maison hantée à la foire du Trône. Non, sérieusement... ça va ?

— Oui, mais... j'ai un peu mal au ventre.

— Tu sais quoi, ma petite Saffie à moi ? dit Raphaël, glissant une main sous la soie jaune pour lui caresser le ventre.

— Non... ?

— Je me demandais... tes vomissements... tu n'aurais pas par hasard un petit Raphaël II là-dedans, dis-moi ?

De verdâtre, le visage de Saffie devient blanc comme un linge.

— Oh non, dit-elle tout bas, et il est clair que son « Oh non » signifie non pas « Je ne crois pas », mais « C'est la fin du monde ».

— Mon amour, mon amour, murmure Raphaël. Il la serre fort contre lui.

Les femmes sont heureuses pendant la grossesse, se dit-il. Les premières semaines, en raison du chamboulement de leur système hormonal, elles ont parfois de fortes nausées, mais après – après, elles sont épanouies, radieuses, comblées... Comme il est fier, Raphaël ! Fier non seulement d'avoir conçu un enfant, mais d'avoir trouvé (sans même l'avoir cherchée) cette géniale solution aux problèmes de Saffie : la maternité.

Car, oui, il sait que Saffie a des problèmes. Il n'est ni stupide ni aveugle. Depuis le début, depuis l'instant où il a trouvé la jeune femme sur le pas de sa porte, il a deviné en elle une blessure, et pressenti qu'on ne pouvait l'aborder de façon frontale. C'est pourquoi il ne lui a posé aucune question au sujet de son enfance : hormis la mort de ses parents, il ignore tout de ce qu'a vécu son épouse avant de cocher, voici une quarantaine de jours, la petite annonce « Ch. b. à tt f. » dans *Le Figaro*. Mais il est optimiste. Et volontariste. Et, qui plus est, sincèrement amoureux. Il est persuadé que la mystérieuse blessure guérira grâce à lui et à son amour, et que Saffie recouvrera la joie de vivre qui lui revient en partage. Quel moyen plus sûr d'y parvenir que de porter en soi-même, et de donner soi-même... la vie ?

— J'avais mis le réveil, dit Raphaël, s'écartant de Saffie en souriant. Je voulais nous acheter des croissants, pour te faire une surprise.

— Ce n'est pas la peine, dit Saffie. Je n'ai pas faim.

Sans rencontrer le regard de son époux, elle se détourne et commence à s'habiller.

— Non ! apparemment, concède Raphaël. Mais, mon amour... tu permets que je prenne rendez-vous pour toi chez le médecin ?

— Attends un peu, dit Saffie, après une brève hésitation. Attends quelques jours... pour être sûr.

— D'accord, mon cœur. C'est comme tu veux. Mais

moi… va savoir comment, j'en suis sûr, déjà. Ce doit être de l'intuition masculine ! Je le sens… ici !

S'emparant de la main de Saffie, il la pose sur ses testicules (nus). Pour la faire rire. Mais elle ne rit pas.

Le couple ne part pas en voyage de noces, car Raphaël s'est engagé à passer le mois de juillet en tournée aux États-Unis. Il a manqué plusieurs répétitions en raison de son combat épique contre la pieuvre de l'administration française ; maintenant, pour se rattraper, il doit travailler d'arrache-pied, tant seul qu'avec l'orchestre. Mais il y arrivera.

Saffie, pendant le répit qu'elle a demandé à son mari, les « quelques jours » avant que sa grossesse ne devienne officielle, se jette à corps perdu dans le ménage. Elle prend, seule, la décision de repeindre la chambre de bonne. Dès que Raphaël a le dos tourné, elle court dans les étages, du deuxième au sixième et du sixième au deuxième, portant de lourds pots de peinture. Les voisins l'épient, froncent les sourcils et referment leur judas. Mlle Blanche, en revanche, pressent un malheur.

Elle-même a été rendue stérile par les produits chimiques qu'elle a involontairement absorbés au tout début des années cinquante lorsque, ouvrière à l'usine des piles Wonder à Saint-Ouen, elle a passé quinze mois dans le fameux atelier dit de « l'enfer ». C'est pourquoi cette jeune femme qui court dans les escaliers au lieu de prendre l'ascenseur, et qui, par cette chaleur torride, travaille toutes fenêtres fermées dans une pièce exiguë au milieu des vapeurs de térébenthine et de peinture à l'huile… lui inspire de la crainte.

Elle fait l'hypothèse de la grossesse, Mlle Blanche, et elle n'est pas tranquille. M. Lepage est-il au courant de ce que fait sa jeune épouse pendant ses absences de la maison ?

Le jour où – rougissant, dictionnaire allemand-français à la main – Saffie lui demande où se trouve le magasin de tricot le plus proche, Mlle Blanche tressaille de la tête aux pieds et cesse de faire des hypothèses : elle sait maintenant à quoi s'en tenir. Une femme en début de grossesse n'a que deux raisons possibles de se procurer du matériel à tricot : ou elle est follement impatiente de devenir mère, ou elle ne veut pas le devenir du tout. Or cette jeune femme... ce n'est pas pour dire, mais... elle n'a pas une tête à préparer sa layette huit mois à l'avance.

Que faire ? Elle est si peu liante, Mme Lepage. Ma laideur, se dit Mlle Blanche, doit lui faire peur. L'inviter tout de même à entrer un moment chez moi, quand elle descend à midi chercher le deuxième courrier ? Lui offrir un petit pastis ? Essayons toujours... Ah ! et voilà ! c'est non, elle s'effarouche, trouve un prétexte – et file, déguerpit, disparaît. Quelqu'un d'autre lui donnera bien l'adresse d'une mercerie. Devrais-je en toucher un mot à M. Lepage ? On dira encore que les concierges se mêlent de ce qui ne les regarde pas. Tout de même, il faudrait le lui dire... mais lui dire quoi ? Que sa femme est enceinte ? Ça, il est sûrement au courant. Qu'elle cherche des aiguilles à tricoter ? C'est normal, ce n'est pas un crime... Que je décèle, moi, dans les yeux de sa jeune épouse, ce même regard de bête traquée que j'ai remarqué chez les autres, les petites jeunes, quand elles revenaient à l'usine après leur passage à Bordeaux avec le patron, M. Longuecuisse il s'appelait, sans blague, le salopard, elles y passaient toutes, et même plus d'une fois si elles étaient mignonnes, et ensuite, pour certaines d'entre elles...

Comme Mlle Blanche est en train de se verser un deuxième pastis et de se perdre dans ses souvenirs, nous pouvons nous retirer sur la pointe des pieds de sa cuisine orange et kitsch, où chaque centimètre carré de chaque surface est occupé par un bibelot, une fanfreluche, une assiette en céramique portant l'image peinte d'un monument français, une plante verte, une cage à canari, une recette de cuisine découpée dans *Elle*, le programme des émissions de radio...

Pendant ce temps, pendant que nous nous attardions à boire un pastis chez Mlle Blanche, s'est déroulé le vrai drame : Saffie, salle de bains, cintre déplié, carrelage blanc, sang rouge, Raphaël, cri, téléphone, ambulance, hôpital, urgences, infirmières, lits roulants, médecins, examens, conciliabules...

Joues mouillées de Raphaël ; joues sèches de Saffie.

La tentative a échoué : l'enfant vit encore. Saffie sera maman qu'elle le veuille ou non.

Elle s'en veut de ne pas avoir attendu pour agir le départ de son mari aux États-Unis ; ses insomnies, elle s'en rend compte, l'empêchent parfois de réfléchir clairement.

Raphaël confie son épouse blême et chancelante à ses bons amis de Clichy. Ils sont extrêmement compatissants, Martin et Michelle. Ils prendront soin de Saffie. Leur fille aînée étant partie au bord de la mer avec ses cousins, Saffie peut dormir dans sa chambre. Tout se passera bien, disent-ils à Raphaël. Tu nous appelleras de là-bas. Ne t'inquiète de rien. Va jouer de la flûte, joue comme un dieu.

Raphaël est dans l'avion avec les autres membres de son orchestre. Très ébranlé. Pourquoi a-t-elle fait cela ? Pourquoi, après avoir accepté de l'épouser, a-t-elle cherché à tuer l'enfant qu'ils avaient conçu ensemble ? Redoutait-elle de voir son corps déformé par la grossesse ? Ou bien, elle-même à peine sortie de l'enfance, craignait-elle de n'être pas assez mûre pour assumer les responsabilités d'une mère ? Il couvre son visage de ses deux mains et s'efforce de réviser les coulés chromatiques du *Bourdon* de Rimski-Korsakov.

Saffie regarde le plafond. Elle est allongée sur le lit de la petite fille, dans la chambre de la petite fille, avec ses murs couverts de dessins maladroits et ses meubles hérissés de poupées. Elle a huit ans, la fillette qui est partie au bord de la mer. Huit ans, comme Saffie, mais pas comme. Comme Saffie, mais pas comme Saffie maintenant. Comme Saffie lorsqu'elle avait huit ans. Mais pas comme.

Elle demande que les stores restent fermés toute la journée.

Et, en elle, jour après jour, ça pousse.

6

Donnons un coup d'accélérateur – c'est enivrant ce pouvoir, c'est comme en rêve, on se prélasse avec volupté dans un instant particulier et puis – délice – ça se met à bouger, les journées défilent, surgissent et s'évanouissent, se fondent les unes dans les autres... Flottons un moment à la surface de cet océan d'événements qui se produisent sur la planète Terre à l'automne 1957. On sent la houle en dessous... De temps à autre surnagent des fragments d'épave qu'on reconnaît – Raphaël, le regard soucieux, aimant et plein de sollicitude ; Saffie, le regard constamment tourné vers l'intérieur – mais, aussitôt, une vague les happe, et ils sont emportés par les flots de nouvelles qui déferlent, nous bercent et nous sidèrent.

Par exemple, depuis le déclenchement secret de l'Opération Champagne en janvier dernier, nombre de jeunes appelés français ont appris bon gré mal gré à torturer les fellaghas, et ceux que l'on soupçonne d'être ou de cacher les fellaghas, et ceux que l'on soupçonne de savoir quelque chose sur les cachettes possibles des fellaghas possibles, c'est-à-dire un peu n'importe qui dans la population indigène... Pendant ce temps, l'Allemagne fédérale est en passe de devenir le pays le plus prospère d'Europe... Mao Ze-dong, tout en respirant le parfum de ses Cent Fleurs, prend son élan pour le Grand Bond en avant... En Russie, la mise en orbite de *Spoutnik 1* vient d'ouvrir l'ère planétaire... Et le président des États-Unis, ce même Dwight Eisenhower dont les forces armées ont écrasé la Wehrmacht en 1945, commence à lorgner du côté du Vietnam...

Les Lepage de la rue de Seine sont peu préoccupés par ces histoires. Raphaël achète bien *Le Monde* chaque soir, comme son père avant lui achetait *Le Temps*, mais le plus souvent il ne fait que le feuilleter en parcourant les titres d'un œil distrait. Et Saffie, c'est le moins qu'on puisse dire, n'est guère passionnée par l'actualité. L'un et l'autre vivent loin de cette réalité-là, quoique pour des raisons différentes. Saffie est fermée sur sa douleur, aussi hermétiquement qu'une huître sur sa perle. Et Raphaël est plus doué pour la concentration que pour la curiosité : avoir à songer en même temps à son épouse enceinte et à son concert du soir lui occupe entièrement l'esprit.

Ainsi, lorsqu'ils découvrent en se réveillant le matin du 17 octobre que les interrupteurs ne marchent pas, ni la cuisinière à gaz – ni, au-dehors, les lampadaires – et lorsqu'ils entendent, depuis le carrefour de l'Odéon à cent cinquante mètres de chez eux, le vacarme d'un embouteillage monstre, ils n'ont pas la moindre idée de ce qui se passe. Ils n'ont pas suivi, ces dernières semaines, les grondements et les menaces en crescendo des employés de l'Électricité et Gaz de France. Et lorsque, plus tard le même jour, le comité Nobel décide de décerner son prix de littérature à Albert Camus, ils ne saisissent nullement la portée politique de ce choix. Ils ignorent tout de Camus, n'ont pas lu une ligne de ses romans, ne savent même pas que c'est un Français d'Algérie.

La grossesse de Saffie se passe mal. Voilà où ils en sont.

Les quatre premiers mois, elle perd du poids au lieu d'en prendre. Elle se nourrit à peine. Ce qu'elle avale, sous les encouragements patients de Raphaël, elle le rend. Privé de nourriture, l'enfant se nourrit de ses os à elle. Sa beauté déjà terne s'éteint : son visage perd sa chair et révèle la tête de mort au-dessous, de profonds cernes se creusent sous ses yeux, ses gencives saignent, ses forces l'abandonnent.

Elle ne va plus faire les courses rue de Buci, ne fait plus la cuisine. La seule vue de la viande lui retourne l'estomac. Raphaël se voit contraint de revenir à ses habitudes de jeune célibataire : repas sur le pouce, à la maison ou dans un bistrot du quartier.

Saffie continue cependant de s'acquitter des corvées du ménage ; c'est même épuisant de la voir à l'œuvre. Maria-Felice était capable de laisser traîner les vieilles savates de Raphaël au pied de son fauteuil préféré, pour qu'il les y retrouve le lendemain. Saffie, elle, range tout tout de suite. Parfois elle range si bien qu'il ne retrouve plus ses affaires et doit la supplier de les lui rendre.

Ahuri, il interroge Martin : Michelle s'était-elle comportée de cette étrange manière pendant ses grossesses ? Non... pas tellement... pas comme ça, en tout cas.

Quand il rentre le soir, la vue de Saffie assise à la table de la cuisine, immobile dans le noir (même les jours sans grève d'électricité) lui serre le cœur.

Le pire, et de loin, c'est qu'elle ne veut plus partager son lit. Sous prétexte que ses insomnies l'empêcheraient, lui, de dormir, et qu'il a besoin d'être en forme pour jouer de la flûte, elle dort maintenant sur un canapé-lit dans la bibliothèque, à l'autre bout de l'appartement. Raphaël hoche la tête, incrédule : au bout de trois mois de mariage ils font déjà chambre à part ?

Un matin, entrant dans la bibliothèque alors que Saffie se trouve par hasard à la salle de bains, il perçoit un objet au milieu de ses draps défaits. Traverse la pièce et ramasse l'objet. Le retourne dans tous les sens, perplexe. Saffie, revenant à ce moment, se jette avec rage sur son mari et lui arrache des mains la patte de caniche en peluche.

— *Donne-moi ça !*

C'est un cri de désespoir. Raphaël est estomaqué. Il ne lui oppose aucune résistance.

– Qu'est-ce que c'est, Saffie ? demande-t-il dans un murmure.

— *C'est à moi !* crie Saffie, tremblante.

Puis, gênée par l'intensité de sa propre réaction, elle ajoute :

— Ce n'est rien. Un jouet... quand j'étais une petite fille. C'est pourquoi... pardon...

— Mais qu'est-ce que c'est ?

— C'est stupide. Tu te moqueras...

— Voyons, Saffie ! Je me suis déjà moqué de toi ?

Saffie fourre l'objet sous son oreiller et refait le lit à toute vitesse, à la perfection, comme une infirmière, comme un soldat.

— Viens. Je fais ton café ?

Ceci est peut-être leur conversation la plus longue de tout l'automne.

En effet, ils se parlent de moins en moins. Raphaël a beau être tombé amoureux de Saffie en raison de son silence énigmatique, depuis qu'elle est son épouse, et surtout depuis qu'il la sait enceinte, ce n'est plus pareil. Il trouve son silence lourd, plein de menaces. Pourquoi est-elle si renfermée ? Il a du mal à y réfléchir, tant le sentiment de l'angoisse lui répugne.

D'une certaine façon, jusqu'à son mariage avec Saffie, Raphaël n'avait jamais eu de vrai problème. La mort de son père l'avait certes attristé, mais ce n'était pas ce qu'on pouvait appeler un problème.

Il ne sait pas s'y prendre, avec le malheur.

Quand Martin et Michelle téléphonent pour s'enquérir de la santé de sa femme, il leur donne des réponses vagues et plus ou moins optimistes. « Ça se voit maintenant ! » dit-il par exemple.

Oui, ça se voit maintenant, la petite boule dérisoire : on dirait le rejeton de la grosse boule qu'était Saffie l'été dernier, le jour où Raphaël avait mis le réveil sans prévenir. Affligé, il constate que cette matinée de hurlements et de confusion, par contraste avec le désarroi présent, est devenue presque un souvenir de bonheur.

— Je suis sûr que tout va bien se passer, dit-il à Michelle un autre jour au téléphone. Mais c'est vrai qu'elle semble... assez abattue, par moments.

— Peut-être qu'elle a un chagrin secret ? suggère Michelle. Peut-être qu'elle a vu mourir un bébé pendant la guerre, et que cette grossesse lui rappelle de mauvais souvenirs ? On ne sait jamais... Est-ce qu'elle pleure souvent ?

Raphaël est pris de court.

— Non, dit-il au bout d'un moment, passant plusieurs fois les doigts de la main gauche à travers ses cheveux manquants. Maintenant que tu me poses la question, je ne l'ai jamais vue pleurer. Pas une seule fois.

Il compte sur l'arrivée de l'enfant au mois de mars pour arranger les choses, alléger l'atmosphère... Oui, il y compte absolument. Il est clair que, pour des raisons qu'il ignore, Saffie a peur de ce bébé inconnu. Mais dès qu'il sera là ce sera du réel, ce sera *lui* et pas un autre – et une mère qui ne trouve pas son propre enfant irrésistible, ça n'existe pas !

Tout ira mieux alors. *Il le faut*.

En attendant, la détresse de Saffie s'insinue sous les fentes des portes et infecte chaque centimètre carré de l'appartement rue de Seine ; l'air même en est vicié. Comment souffler cet air dans sa chère Louis Lot en argent massif ? Pour les *Cinq Incantations* de Jolivet qu'il prépare en ce moment, Raphaël a besoin de toute la puissance de son art. Il commence à travailler même ses solos dans les locaux de l'orchestre porte d'Orléans, et à rentrer tard le soir.

(D'autres femmes ? Non. L'idée ne lui vient même pas à l'esprit. Il est amoureux de Saffie. Ému par sa grossesse. Désemparé par le spectacle de son malheur.)

Les jours traînent. Ce sont les jours les plus courts de l'année, mais ils traînent. Les longues nuits traînent aussi.

Un soir, après un dîner encore plus pénible que d'habitude (au menu, cuisinés pour et par Raphaël puisque Saffie ne supporte pas l'odeur de la matière grasse en train de cuire : des œufs au plat et des pommes de terre sautées – sautées, malheureusement, à flamme trop haute et pendant trop peu de temps, de sorte qu'elles sont brûlées à l'extérieur et crues à l'intérieur et, pour tout dire, presque immangeables ; pour Saffie : quelques biscottes sans beurre et une tisane sans sucre), le téléphone sonne.

Raphaël décroche.

— *Maman !*

Il n'y peut rien ; son cœur de petit garçon bondit de joie.

— Alors, dit Hortense Trala-Lepage. Et, après un court silence : Comment ça va ?

— Ça va, ça va, dit Raphaël, paralysé.

Même si Saffie n'était pas dans la salle à manger avec lui, il aurait du mal à parler franchement à sa mère de la situation où il se trouve. Petit bilan, au bout de six mois de mariage avec la Boche bonniche ? « Ça va, ça va... »

— Tu viens pour Noël, bien sûr ? reprend Hortense – et, fait sans précédent, il y a dans sa voix un soupçon de politesse, voire de timidité. Raphaël sent qu'elle est terrorisée à l'idée qu'il pourrait lui répondre par la négative.

— Pour Noël ? répète-t-il bêtement, pour gagner du temps.

Pas une seule fois la mère et le fils Lepage n'ont été séparés à Noël. Lui reviennent en mémoire, au fils, une kyrielle de nativités scolaires d'avant la guerre : ses deux parents dans l'assistance, dévorant des yeux leur rejeton aux boucles en tire-bouchon qui, dans un coin de la scène, jouait de la flûte de Pan dans son costume de berger... Chaque année, quand il retrouvait sa mère à la fin du spectacle, elle avait les joues baignées de larmes. Pourquoi Saffie ne pleure-t-elle jamais ?...

Le silence commence à peser, et Raphaël sent qu'il doit trouver une réponse. N'importe laquelle, mais vite.

— C'est-à-dire... Oh ! Maman, ce serait formidable si on pouvait venir...

— Je n'ai pas dit *vous*. (Bien qu'elle lui coupe la parole, sa mère prend soin de garder un peu de sirop dans la voix.) J'ai dit *tu*. Oh ! Raphaël, ne me dis pas que tu vas me laisser fêter Noël toute seule avec Maria-Felice ?

— Mais, maman ! dit Raphaël, bouleversé.

Et il ajoute, très bas, pour que Saffie ne l'entende pas – mais elle est déjà à la cuisine, en train de laver et d'essuyer la vaisselle avec une énergie terrifiante :

— Je suis un homme marié maintenant, il faudra bien que tu finisses par l'admettre !

— Je suis navrée, dit Hortense, et dans sa voix on entend qu'elle l'est vraiment. Je *ne peux pas* rencontrer cette femme.

— Maman... *Cette femme*, comme tu dis, porte actuellement en son sein ton petit-fils.

Long silence au bout du fil. Enfin parvient à l'oreille de Raphaël une série de sanglots étouffés.

— Ne pleure pas, mamoute chérie, je t'en supplie. Tu me fais de la peine.

— C'est *toi* qui me fais de la peine !

— Arrête, s'il te plaît... Tu me manques, tu sais ? La maison aussi me manque... Quel temps fait-il là-bas ? Comment se porte cette brave Maria-Felice ?

— L'année prochaine, dit sa mère, ou quand tu veux, tu peux venir avec le petit. Il est innocent, lui. Mais elle, je suis désolée... après tout ce qui s'est passé...

Ainsi, Raphaël et Saffie passeront-ils en tête à tête leur premier Noël rue de Seine.

Mais comment faire la fête avec quelqu'un qui refuse de manger ?

La mort dans l'âme, Raphaël va commander un plat pour lui-même chez le traiteur. Il dresse la table : belle nappe blanche, serviettes blanches brodées, couverts en argent, bougies, flûtes à champagne. À grand-peine, il convainc Saffie de tremper les lèvres dans un verre de veuve-clicquot.

— À toi, mon cœur... et à notre enfant.

Elle ne dit rien.

— Je t'aime, Saffie.

— Moi aussi.

Mais elle ne dit pas son prénom (l'a-t-elle déjà dit ? il ne s'en souvient pas).

Chaque fois qu'ils cessent de se parler, le silence s'élève entre eux, lourd et gris comme un mur de béton.

— L'année prochaine on aura un arbre de Noël, n'est-ce pas ? dit Raphaël avec une gaieté factice. Pour notre bébé. Mais cette fois-ci, entre nous, c'est pas la peine.

Elle ne répond pas.

— Tu avais un arbre de Noël à la maison, quand tu étais petite ?

Désespéré par le silence de son épouse, il se met à chanter (sa voix est belle) la seule chanson qu'il connaît en langue allemande :

— *O Tannenbaum, o Tannenbaum...*

— Arrête ! dit Saffie d'un air mauvais.

Raphaël baisse la tête. Se remet à manger sa dinde aux marrons.

— Mais, dis... ne peut-il s'empêcher d'ajouter dix minutes plus tard, voulant dissiper à tout prix ce silence qui moque la festivité de la table... Avec tes parents, avant, tu allais à l'église pour la Noël ?

— Oui. Bien sûr, dit Saffie, conciliante.

— Moi, mon père était athée, il refusait de mettre les pieds dans une église, mais ma mère a insisté pour que je fasse ma première communion. Et puis on allait à la messe ensemble, elle et moi, au moins à Noël et à Pâques... Qu'est-ce que j'aimais ça, les cantiques ! Si tu veux, on pourrait assister à une messe de minuit tout à l'heure. Ce serait beau... Il y aurait des cantiques... Même si tu ne connais pas les paroles, les airs devraient être les mêmes...

— Non, pas ce soir. Je suis fatiguée.

— Mais c'est de *ce soir* qu'il s'agit ! dit Raphaël, agacé. Demain ce ne sera pas Noël ! Enfin... fais comme tu veux.

Le silence revient aussitôt et, aussitôt, il éprouve le besoin de le briser :

— Tu... toi aussi, tu as cessé de croire en Dieu à un moment donné ?

Les yeux de Saffie lancent des flammes vertes qui disent : *tu violes les règles, tu viens trop près.*

Mais qui a écrit ces satanées règles ? se demande Raphaël. Il décide de passer outre et l'agresser, la bousculer un peu ; il veut l'entendre dire au moins une chose *lui venant d'elle*. Elle lui a jeté son corps en pâture sans rien partager de son histoire, de son passé, de la musique de son âme...

— Que faisait-il, ton père ? Avant la guerre, je veux dire.

À sa surprise, Saffie répond simplement :

— Docteur pour les animaux.

— Vétérinaire ?

— Oui. Vé-té-rinaire... répète-t-elle avec application.

— Et ta mère ?

— Et ma mère... dit Saffie, s'empourprant de façon incompréhensible. Ma mère, elle était mère.

Elle se lève pour débarrasser la table.

On ne peut jamais traîner à table à bavarder et à boire jusqu'à deux heures du matin, se dit Raphaël. Alors que c'est une des choses que j'aime le plus au monde. Quand pourrai-je le vivre à nouveau ?

— Je vais me coucher, annonce Saffie, dès qu'elle a terminé la vaisselle.

Ainsi s'achève leur soirée de Noël.

Raphaël joue de la flûte.

Il joue de mieux en mieux car l'inquiétude est venue nuancer son caractère par trop ingénu et optimiste. Elle est venue s'ajouter (non se substituer) à son amour fou, se glissant dans les interstices de sa musique et l'enrichissant, lui prêtant de nouvelles teintes – des teintes plus complexes, plus denses qu'auparavant. Dans les adagios, surtout, chaque note qu'il produit est comme la surface d'un étang sous laquelle miroitent de sombres trésors.

À l'orchestre, tous s'en aperçoivent : Lepage joue comme un possédé, comme si sa vie en dépendait. Il est devenu un des flûtistes importants de sa génération. Rampal le remarque.

Et Saffie, elle, lave. Elle lave.

Un jour glacial de la fin janvier, elle est dans la cuisine en train de frotter le sol avec de l'eau de Javel, comme elle le fait chaque lundi, chaque mercredi et chaque vendredi, lorsqu'une douleur sourde et sournoise vient lui broyer le ventre, puis recule et disparaît.

— Raphaël ! s'écrie-t-elle, paniquée, quand elle peut parler à nouveau.

Ils sont dans l'ambulance, sous une pluie battante.

— C'est beaucoup trop tôt, marmonne Raphaël, d'une voix basse et tendue. Six semaines, c'est trop. Il faudrait qu'ils te donnent quelque chose pour arrêter les contractions... et après, que tu te reposes. Que tu restes allongée... Oh, Saffie ! Tu avais vraiment besoin de laver le sol de la cuisine ? Personne n'y va, de toute façon, c'est même pas sale !

Il redoute de perdre l'enfant. La sueur ruisselle sur son front comme la pluie sur le pare-brise. Saffie ne l'écoute pas. Muette et affolée, elle s'agrippe à lui sans y penser, sans savoir que c'est lui. Toutes les deux ou trois minutes, pour ne pas crier, elle mord son écharpe en soie écrue.

L'ambulance les dépose devant la maternité d'un grand hôpital parisien (pas celui de son avortement avorté) et Raphaël voit sa femme – le visage tordu, méconnaissable – emportée sur un lit roulant vers le martyre sacré des mères.

« Pourvu que... se dit-il. Pourvu que... »

En 1958, les hommes n'accompagnent pas leur épouse dans la salle de travail. Ils n'assistent pas, terrifiés et impuissants, à la crucifixion du corps qu'ils aiment. Ils ne s'emparent pas – mi-écœurés, mi-émerveillés, la tête tournante – de leur rejeton frais sorti du paradis infernal, tout collant encore de sang et de glaires... Non, en 1958 ils ont le droit de rester tranquillement à l'écart de tout cela dans la salle d'attente, propres et secs comme des êtres pensants. La plupart d'entre eux, c'est bien connu, font les cent pas en allumant une cigarette sur l'autre. À défaut de fumer comme les quatre ou cinq autres presque pères qui attendent avec lui, Raphaël passe la main gauche, encore et encore, sur son crâne partiellement chauve. Pour une fois, sa concentration double l'a déserté : s'il ramassait un des vieux *Paris-Match* qui traînent sur la table, il serait incapable de suivre la logique d'un reportage. Tout son être est tendu vers l'événement qui se déroule en ce moment, si près de lui mais hors de sa vue : la naissance ou la mort, il ne sait laquelle, de son enfant...

Pourquoi, mon Dieu, fallait-il qu'elle lave le sol ?

Les cris des parturientes sont audibles au-delà des portes fermées. Parfois on y distingue des mots (*« Mamaaa-aaan ! » « J'ai maaa-aaal ! » « Noooonnn ! » « J'en peux pluuu-uuuus ! »*) mais en général ce ne sont que sanglots déchirants, appels inarticulés, barrissements sauvages... à vous faire renoncer une fois pour toutes aux plaisirs de l'alcôve.

Mon Dieu ! soupire Raphaël, secoué. Il essaie d'imaginer Hortense en train de l'expulser d'entre ses cuisses en hurlant de cette façon... et met rapidement fin à la tentative.

Parmi tous les cris, aucun ne semble provenir de la gorge de Saffie... mais le reconnaîtrait-il, son cri, s'il l'entendait ? Ce ne serait pas forcément le même que celui de l'été dernier, si aigu et si bizarrement enfantin...

En fait, Saffie ne hurle pas. Et ce n'est pas qu'elle soit plus stoïque que les autres mères en puissance, c'est qu'on lui a administré il y a dix minutes une anesthésie générale. Elle a le visage et les jambes dissimulés par un drap et l'obstétricien est en train de lui ouvrir le ventre au scalpel.

Ne pouvait accoucher, la petite.

Ne voulait pas pousser.

N'y peut rien maintenant : d'accord, pas d'accord, elle l'aura, son rejeton.

Ah ! le voilà déjà sorti, et lové dans les mains du médecin : un garçon. Pas beau. Bleu. Un petit bébé tout bleu.

On l'emporte – vite, vite, il lui faut de l'oxygène, des perfusions, des transfusions – mais il bat, son cœur ! – boum *boum*, boum *boum* – oui, il bat !

L'enfant pèse moins de deux kilos. C'est peu, même pour un prématuré de sept mois et demi.

N'a pas voulu le nourrir, sa mère.

Ne lui a rien donné à manger, à part ses os.

Maintenant Saffie est là, abolie, ouverte, entourée d'anesthésistes et d'infirmières. Elle saigne, elle a déjà perdu beaucoup de sang, les gens étaient distraits par l'urgence que posait l'enfant, l'obstétricien était même parti mais le voilà qui revient en courant, c'est un jeune homme qui vient juste de terminer son internat, cette situation de crise l'affole mais il veut faire preuve d'autorité – c'est pourquoi, devant la nécessité d'arrêter à tout prix ce flot hémorragique, il prend une décision simpliste :

— On enlève.

Les infirmières sont choquées, les anesthésistes aussi mais c'est le médecin qui décide, il procède donc à l'ablation de l'organe en question, puis recoud la jeune femme inconsciente, couche par couche, agrafes, points de suture... Une longue et laide cicatrice violine lui barrera le ventre à jamais.

Raphaël est seul maintenant dans la salle d'attente, et la solitude ne fait qu'augmenter sa frayeur. S'il avait des cheveux sur le devant de la tête, il serait en train de se les arracher. Il est debout, immobile, les yeux fermés, les deux mains cramponnées à son crâne. Le hasard a voulu que tous les autres hommes soient déjà partis rejoindre leurs épouses épuisées et leurs bébés braillards ; seul Raphaël n'a pas encore été appelé. La peur l'étouffe. De façon touchante (car il a embrassé l'athéisme serein de son père dès la fin de l'adolescence), il s'est mis à prier. De vieilles prières de ses cours de catéchisme lui reviennent à l'esprit et il les égrène l'une après l'autre à voix basse : « Je vous salue Marie, Notre Père qui êtes aux cieux, L'Éternel est mon berger... » Ayant fait le tour de sa mémoire et ne trouvant plus rien, il recommence au début, « Je vous salue Marie »...

— Monsieur Lepage ?

La voix de l'infirmière est excessivement aimable. Son enfant doit être mort.

— Désirez-vous voir votre fils ?

Une douche de félicité. Indescriptibles, la joie, le soulagement qui l'inondent. Il en est privé de parole.

Venez maintenant, avec lui, contempler le minuscule être humain dans sa couveuse. Comment ça, vous n'aimez pas les bébés ? Allez, venez quand même, approchez tout doucement, vous verrez. Ce n'est pas un bébé comme les autres, je vous le promets. Moi aussi j'éprouve de la répugnance devant ces roses poupons joufflus, interchangeables, qui peuplent nos jardins publics. Mais là, non, rien à voir. Ce bébé, voyez-vous... comment dire ? Même s'il est grand comme vos deux poings posés l'un sur l'autre, c'est déjà *quelqu'un*. Regardez comme il respire rapidement. Regardez les touffes noires de ses cheveux en bataille. Regardez ce menu visage décharné, aux aplats et aux angles étonnamment expressifs. Voyez comme ses yeux noirs lancent des reflets verts à travers la fente de ses paupières. À l'âge d'une demi-heure, ce garçon irradie, déjà, une sensibilité hors du commun.

Raphaël n'a pas le droit de le tenir, ni même de le toucher. L'enfant est sous verre, pour le moment. Ils ont failli ne pas réussir à le sauver. Mais ça y est, c'est sûr. Emil vivra.

Raphaël a les joues baignées de larmes.

Et Saffie ? Out. Toujours out.

7

Un mois a passé.

Voilà Saffie revenue à la maison – et, quinze jours plus tard, pesant deux kilos et demi, Emil. (À l'état civil Raphaël l'a inscrit avec le *e* muet à la fin pour faire français, mais dans la tête de Saffie c'est Emil sans *e*, à l'allemande. Or, sous peu, nous allons justement passer un moment dans la tête de Saffie.)

Elle n'a pas de lait. Bien sûr. Le peu qu'elle avait s'est tari pendant leur séparation, quand Emil est resté en couveuse à l'hôpital et que Raphaël est allé chaque jour, sans Saffie, lui rendre visite. Les puéricultrices, ayant prévu le tarissement avant son départ de l'hôpital, lui avaient montré comment faire pour stériliser les biberons et préparer le « lait maternisé » : mesurer la poudre, y ajouter l'eau minérale (plate, pas gazeuse !), réchauffer le tout jusqu'à la température du corps (pas trop froid, il aurait des convulsions ! pas trop chaud, ça lui brûlerait la gorge !). Elles lui avaient montré, aussi, comment donner le bain à l'enfant (sans le noyer !) et comment changer ses couches (sans lui enfoncer les épingles de sûreté dans le ventre !)...

Raphaël fait l'impossible pour se convaincre que la belle vie va pouvoir commencer, maintenant que l'enfant est tiré d'affaire, qu'il a bel et bien débarqué sur Terre. Il commande à une imprimerie voisine de luxueux faire-part de naissance, papier couché bleu nuit et lettres or, et les envoie en quantité : à sa mère, à ses amis d'hier et d'aujourd'hui, à tous les membres de l'orchestre...

Saffie, elle, n'en envoie pas un seul.

Au téléphone, Raphaël annonce à ses amis de Clichy que la mère et l'enfant se portent à merveille. Bientôt, leur promet-il, ils pourront faire la connaissance du futur propriétaire des vignobles Trala, algériens autant que bourguignons. Mais les jours passent, et il ne les invite pas. Elle est encore trop bizarre pour le moment, Saffie.

Elle a recommencé à faire le ménage. Un peu moins que pendant sa grossesse, mais toujours plus qu'il n'en faudrait. Elle ne sait pas passer du temps avec son enfant, qui s'avère presque aussi apathique qu'elle. Emil dort peu, la réclame peu, ne pleure pour ainsi dire jamais. Mais ne gazouille pas non plus. Raphaël se dit que ce ne doit pas être normal, un tel silence et un tel sérieux chez un nouveau-né. À voir Emil sagement allongé sur le dos dans son couffin, les yeux grands ouverts et les membres quasi immobiles, pendant que sa mère se déplace dans l'appartement armée d'un chiffon et d'un vaporisateur, il a des frissons dans le dos.

Elle ne sait pas tenir le bébé dans ses bras. Après le bain, elle l'essuie dans une serviette éponge et se tient là dans une attitude de raideur et d'incertitude, avec l'enfant presque à la verticale, pantelant, nu. Ou alors, elle s'assied avec lui dans une chaise près de la fenêtre – dehors, le vent de février souffle avec violence – et on dirait qu'il n'existe pas pour elle. Au lieu de regarder son fils, elle a les yeux plongés dans le vide... jusqu'à ce que, de froid ou de faim, Emil se mette à gémir.

— Tu ne veux pas que j'engage quelqu'un ? demande Raphaël avec sollicitude. Pour t'aider ?

— Pour m'aider ? Je n'ai pas besoin d'aide, dit Saffie.

Plus fermée, plus hors d'atteinte que jamais.

À la voir s'occuper de son bébé avec tant de distraction et tant de maladresse, Raphaël a un petit pressentiment du désespoir. Ce n'est pas encore l'immense, l'irrémédiable désespoir qui s'emparera de lui quelques années plus tard. Ce n'en est que le pressentiment.

Pour le moment, malgré tout, il est trop enchanté par sa propre découverte de la paternité pour être malheureux. Dès qu'il rentre d'une répétition ou d'un concert, il se glisse dans la chambre d'Emil pour s'assurer qu'il vit et respire encore. Bientôt l'enfant reconnaît le pas de son père, tressaille à son odeur, réagit à son arrivée dans la chambre par des battements de jambes et de menus jappements de plaisir. Raphaël ne se lasse pas de le regarder : chétif, certes, mais impressionnant de beauté avec les braises noires de ses yeux, les fines branches de ses membres, les brindilles de ses doigts – et le crâne recouvert, à l'âge d'un mois, d'un duvet noir qui commence déjà à onduler... oh oui ! il aura les jolies boucles de son père.

Mystère insondable, se dit Raphaël. Le mélange de nous deux. Moi, plus Saffie, plus une pincée de miracle, égalent... *toi*.

Parfois, penché sur le lit-cage de son fils, les larmes lui montent aux yeux. Il prend dans ses mains les menottes incroyablement petites d'Emil, caresse sur sa paume ses doigts fripés, recroquevillés, et pose les lèvres dessus en murmurant : « Doigts d'artiste... tu seras musicien, bonhomme. Ça ne fait pas de doute. »

Bientôt, de la salle de musique que Raphaël avait délaissée des mois durant, Saffie entend de nouveau les trilles suaves de la flûte. Les lèvres de son époux se pincent et s'arrondissent, sculptant la colonne d'air qui se divise en deux en passant au-dessus de l'embouchure. Sa langue articule savamment les phrases musicales, détachant les notes les unes des autres, attaquant les staccatos tel un petit poignard, *takatak, takatakata*.

Ce sont ces mêmes lèvres et cette même langue qui... mais, presque toujours, Saffie détourne la tête quand son mari cherche à l'embrasser. Elle n'aime pas sentir les lèvres avides de Raphaël pressées contre les siennes, sa langue pointue faire effraction dans sa bouche, à la recherche de la sienne.

Début mars, Raphaël doit partir trois jours à Milan pour une série de concerts. Absence courte mais indispensable.

— Ça ira ? demande-t-il à Saffie, ses yeux réitérant la question que pose sa voix.

— Mais oui.

Elle a appris à dire *mais oui, mais non*, comme une Française. On ne peut utiliser *aber* de cette manière.

— Voici le numéro de mon hôtel... Et si tu as un problème, s'il y a quoi que ce soit, tu peux toujours faire appel à Mlle Blanche. D'accord ? Elle est gentille... Tu es sûre que ça ira ?

Saffie hoche la tête, oui.

C'est le premier jour de l'absence de Raphaël.

L'enfant est là. Elle l'a posé sur le tapis du salon. Il a froid et se met à pleurer doucement, sans larmes. Saffie finit d'épousseter les meubles du salon. Ensuite elle le ramasse, le pose dans son lit.

— Dors, lui dit-elle.

Dans la salle de bains adjacente, elle commence à accrocher les langes d'Emil, fraîchement sortis de la machine à laver... et elle se perd.

C'est que la journée est printanière, ensoleillée, et que les couches jetables n'ont pas encore été inventées. Un rayon de soleil tombe sur un des rectangles de coton blanc pendant qu'elle le suspend, et elle est transportée par un éblouissement de blancheur, le soleil sur le blanc aveuglant des draps et des taies d'oreiller.

Elle aide sa mère à accrocher le linge, dehors, dans le jardin derrière leur maison, c'est le printemps – pas celui-là, pas celui-là, un printemps d'avant la peur, quarante-deux peut-être, ou quarante-trois – oui elle ne peut avoir que cinq ou six ans car la corde à linge est très haute et elle doit se tenir sur la pointe des pieds pour aider sa maman...

Comme elles se sont amusées, ce jour-là ! Le vent leur arrache les draps des mains avant qu'elles aient le temps de les fixer avec des pinces et elles éclatent de rire, les ramassent sur la pelouse (ô ce vert ! ce blanc ! le blanc des draps d'alors et le vert de l'herbe : des essences, des absolus, jamais retrouvés) et les étendent à nouveau, chantant ensemble en harmonie : *Kommt ein Vogel geflogen*, la mère chantant le soprane et Saffie, à la voix plus grave, l'alto, un oiseau est arrivé chez moi, portant dans son bec un billet *von der Mutter*, de ma mère, en fin de compte elle n'en a jamais eu, Saffie, des lettres de sa mère, en fin de compte sa mère a inventé une autre façon de se servir des draps – mais comme elles ont ri ce jour-là ! dansant et jouant à cache-cache parmi les draps qui claquaient dans le vent... Mutti ! Quand Emil se mettra à parler, il l'appellera non pas Mutti mais maman. C'est terminé Mutter, et la Muttersprache avec : suspendues, une fois pour toutes...

Elle a fini d'étendre les langes. Elle halète, son cœur palpite, un poids atroce lui pèse sur la poitrine. Elle parcourt le long couloir à pas rapides pour chercher Emil dans son lit. Il ne pleure pas mais c'est l'heure de son repas. Elle le serre dans ses bras et le berce, le berce – pas follement ! pas avec violence ! – affamé, il se blottit contre ses seins vides, toujours sans pleurer...

Petite chose.

Elle le porte jusqu'à la cuisine et, pendant qu'elle prépare son lait maternisé, le pose sur la table – comme ça, comme un paquet (il est encore trop petit pour rouler sur la table et tomber par terre ; n'empêche qu'il est troublant de voir un être humain traité de façon aussi cavalière). Le biberon prêt, elle le reprend et glisse entre ses lèvres la tétine en caoutchouc. Tout en buvant, Emil dévore de ses yeux noirs le visage de sa mère. Son visage à lui s'anime : les petites narines pompent l'air et les sourcils se lèvent et se froncent, lui donnant l'air tour à tour surpris et inquiet...

Momentanément, il glisse dans le sommeil – et Saffie étudie, fascinée, ses paupières translucides, semblables à de microscopiques cartes de géographie dont les veines bleues seraient les rivières. Battement de cils : quelle image fugace vient de traverser l'écran de son esprit, à quoi peut rêver un nourrisson ? Il soupire et se réveille, resserrant ses lèvres autour de la tétine...

Saffie a peur.

Se secouant, elle couche Emil contre son épaule (comme on lui a appris à le faire à l'hôpital), lui tapote sur le dos, attend son rot et le reprend dans le creux de son bras. C'est effrayant à quel point son fils lui fait confiance, s'abandonnant à son étreinte, ne se doutant pas qu'en le serrant un peu plus, un peu plus...

C'est d'une facilité inouïe.

Elle le sait grâce à M. Ferrat ou plutôt à Julien, son professeur de français au lycée qui, en 1952, au mois de juillet, après la fin des cours, alors qu'elle avait quinze ans et lui trente-deux, l'avait prise en amitié, et puis en un peu plus que de l'amitié, disons en otage et, l'ayant ainsi prise, avait éprouvé le besoin de l'initier tous azimuts, de l'affranchir en quelque sorte corps et esprit. Saffie n'avait pas cru utile de détromper son professeur au sujet de son innocence physique (elle avait été déflorée de longues années auparavant) ; s'agissant du génocide juif, en revanche, sa virginité était intacte. C'est tout juste si elle se rappelait les affiches collées à l'été 1945 sur les rares pans de mur encore debout dans son quartier de Tegel, affiches incompréhensibles autant par l'image (des monceaux de cadavres nus) que par la légende *(« C'est votre faute ! »).*

Julien Ferrat savait qu'on ne parlait jamais de ces choses-là dans l'entourage de Saffie, ni à l'école ni à la maison, mais il était en mesure d'éclairer sa lanterne parce que, étudiant cinéphile à Lyon après la guerre, il avait assisté aux atroces actualités répétitives ainsi qu'aux nouvelles du procès de Nuremberg : preuves de la culpabilité allemande que l'on montrait à satiété aux Français pour les rassurer quant à leur propre innocence. Ainsi, dans le macabre cours d'Histoire qu'il avait prodigué à Saffie tout au long de l'été, M. Ferrat ou plutôt Julien s'était fait un point d'honneur de ne rien omettre ; l'adolescente avait eu droit à la Nuit de cristal, aux vieux juifs sommés de baisser leur pantalon dans la rue (jusque-là elle ignorait tout de la circoncision), aux dents en or, au savon fabriqué avec de la graisse humaine, aux abat-jour en peau...

Et puis, à cela.

C'est d'une facilité inouïe, lui avait expliqué le jeune professeur en vacances, tout en caressant les seins naissants de son élève ahurie. C'est petit, un chaton, un lapin, ce n'est rien. Tu t'empares des petits pieds comme le docteur au moment de la naissance, les chevilles tiennent sans problème dans le cercle entre le pouce et l'index, le bébé pend la tête en bas, tu le balances une fois ou deux et hop ! c'est fait, le crâne est mou, c'est très facile, la mère rugit, la petite tête a éclaté, il ne reste qu'éclaboussures de sang et de cervelle, la petite personne est terminée – *Aus, vorbei* –, on la jette et on rigole et au suivant !

Saffie serre Emil dans ses bras. Elle le regarde qui dort maintenant, les courtes boucles noires collées à son crâne par la sueur. Il dort profondément mais, entre ses cils, une fente étroite laisse deviner le croissant noir de ses pupilles.

Ses yeux à elle se ferment.

Elle observe un SS dans l'exécution de ce geste – les chevilles du bébé saisies dans le rond entre le pouce et l'index, le mouvement de balancement, l'élan pris, le menu corps lancé vers le mur de briques ou la ridelle d'un camion ou les pavés du sol – et elle le fige – arrêt sur image, photo, stop ! S'approchant, elle voit le jeune SS, beau, fort, mince, dur, musclé, et c'est un corps aussi, exactement un corps, un corps ayant sucé les seins de sa maman, elle n'arrive pas à regarder de près le visage figé, les billes bleues des yeux, les mâchoires en acier, les lèvres contractées en un rictus de sarcasme – mais le corps oui, prenons le corps, il est suspendu hors du temps et Saffie, les yeux fermés, s'approche de lui, le déleste de ses bottes noires brillantes, de sa veste et de son pantalon d'uniforme, et à mesure qu'elle le déshabille le corps du SS rapetisse, se détend, s'adoucit... et pour finir c'est petit Emil, endormi dans les bras de sa mère Saffie.

Elle serre son bébé tout contre elle, veut vomir, scrute la mince fente des yeux visible sous les cils, sent le parfum de sa peau, écoute son souffle – écoute aussi, dehors, les oiseaux de Paris, pigeons et moineaux seulement en ce début du mois de mars – *reviens, Raphaël ! Pourquoi es-tu parti ?*

Vati n'est pas là, il est ailleurs, comme tous les papas, toujours, c'est un drôle de monde sans hommes, il ne reste d'hommes au village que les vieux et les débiles, les malades et les fous, on ne peut pas compter les Fremdarbeiter qui font les travaux des champs, ce ne sont pas des hommes mais des prisonniers ennemis, les hommes sont loin, ils se battent contre l'ennemi, le monde entier est notre ennemi, l'ennemi nous entoure, il veut notre mort alors les hommes nous protègent, ils nous envoient des lettres, les femmes passent leur temps à lire et à relire les lettres de leurs hommes mais ils ne reviennent que rarement au village, une fois par an en permission, ou alors morts, en uniforme, comme Herr Silber le voisin d'à côté, mais Vati non, il n'a pas d'uniforme et il ne va pas mourir parce qu'il est sourd d'une oreille, c'est une chance, il travaille à Leverkusen, dans un laboratoire, comme un magicien, c'est un travail important, il trouve des remèdes, pas pour les bêtes cette fois mais pour les humains, pour qu'ils puissent dormir...

Le deuxième jour de l'absence de Raphaël, assise au salon dans un coin du canapé en cuir, Saffie berce Emil. Tout est calme, les pigeons roucoulent et les moineaux pépient mais autrement tout est calme, les meubles en bois reluisent et les nuits succèdent aux jours, Saffie n'a pas fermé l'œil depuis deux nuits, elle a peur et tout est calme.

C'est ça le plus surprenant, c'est que chaque fois tout est calme et paisible, il fait beau, les fenêtres sont ouvertes sur des musiques et des odeurs de dimanche, les gens sont dehors à bricoler et à bavarder dans leur jardin – et soudain c'est l'enfer, cris et décombres, cadavres déchiquetés – et tout aussi soudain c'est le calme à nouveau, le silence revient et le bleu serein du ciel...

Saffie serre Emil dans ses bras, il a six semaines, il a bu et roté, il s'est endormi, il sourit aux anges et du coin de ses lèvres coule un mince filet de lait. Elle l'essuie avec un linge.

L'odeur de l'homme manque dans toutes les maisons, il n'y a ni cuir ni tabac ni sueur d'homme, ça sent la soupe aux orties et l'angoisse des mères, lors des fêtes du village ce sont les vieux qui jouent, cahin-caha, les valses de Strauss... et les femmes dansent avec les femmes.

La mère de Saffie chante. Elle serre dans ses bras le petit Peter âgé de deux mois, l'enfant de la permission de l'an dernier, oui car le travail chez Bayer n'est pas une sinécure, c'est tout de même le service militaire, on ne voyage pas quand et comme on veut, Peter enfouit sa petite tête entre les seins de sa maman et elle chante, pour lui et pour les autres, *Alle meine Entchen schwimmen auf dem See*, tous mes petits canards nagent dans le lac, nagent dans le lac, ils sont cinq agglutinés autour d'elle, l'agrippant, les doigts grappillant, chacun cherchant juste à la toucher, n'importe où, un pan de sa robe, un bout de son bras, une mèche de ses cheveux, *Köpfchen in das Wasser, Schwänzchen in die Höh...* Elle berce Peter tout en chantant et on n'entend presque rien d'autre, presque rien, les têtes dans l'eau et la queue en l'air, ce ne sont pas les avions qu'on sent réverbérer dans la chair de Mutti, c'est son chant, mais ensuite, plus moyen de le nier, c'est bien le bourdon familier qu'ils entendent derrière le chant, et puis ça y est : long sifflement et le ciel nocturne explose en feux d'artifice, en Tannenbaum aux mille chandelles et Saffie n'est plus là, elle n'est plus que pure panique glaciale, soulèvement et soufflement, engouffrement d'air, les détonations semblent se produire à l'intérieur de sa tête – comme si les plaques osseuses de son crâne se fendaient, se fracturaient – et après, tintement des vitres dégringolant, s'éparpillant, éclats de verre éclats de rire – ah ! ah ! ah ! ah ! sorcières ! carnavals ! – et puis un cri.

Un interminable cri de femme à vous fendre en deux des pieds à la tête, comme la foudre fend le ciel. Ce n'est pas ici que ça hurle – ici nous sommes encore tous accroupis ensemble dans un recoin de la pièce, petite montagne de membres – mais à côté, oui, la maison d'à côté a dû être frappée, ce cri ne s'arrêtera-t-il donc jamais ? Comment est-ce possible ?

C'est fini. Les avions s'éloignent et le silence revient, sauf qu'on entend les sanglots de Frau Silber la voisine. C'est son tour aujourd'hui et pas le nôtre, le toit de sa maison s'est effondré et sa fille Lotte, sept ans et demi – meilleure amie de Saffie, Lotte avec qui Saffie joue les dimanches après-midi aux petits chevaux, *Mensch ärgere dich nicht*, Ne vous énervez pas, c'est ça le nom du jeu, c'est ça la vie, si je tombe sur la même case que toi tant pis, tu dois retourner à l'étable et attendre d'avoir lancé un six avant de pouvoir ressortir, tu lances le dé encore et encore mais ce n'est jamais un six, tant pis, ça ne sert à rien de t'énerver, il faut être bon joueur, c'est ça le jeu, c'est ça la vie, l'éducation, les bonnes manières, il y a toujours des revers dans l'existence, il vaut mieux s'habituer dès maintenant, tu peux pousser un gros soupir mais ensuite il vaut mieux hausser les épaules et essayer de rigoler parce que c'est ça le jeu, hein ? –, a eu la jambe et le bras droits réduits en bouillie par la grosse poutre du toit.

Saffie accourt avec sa mère : Lotte est toujours coincée là-dessous, inerte, évanouie, morte ? pas morte, respirant, mais bras et jambe coincés sous la poutre en chêne, bouillie de chair.

Emil dort. *Sirène !* Une peur nauséabonde prend Saffie à la gorge et – avant qu'elle ait eu le temps de comprendre, avant que son cerveau ait pu faire le moindre raisonnement en sa défense, paix pas guerre, Paris pas Berlin, adulte pas enfant – elle s'étrangle.

Sonnette pas sirène.

On va à la porte, on l'ouvre et rien n'explose, personne n'est mort.

C'est la concierge, Mlle Blanche. Elle ne voudrait pas que Saffie pense qu'elle se mêle de ce qui ne la regarde pas, mais... elle s'est un peu inquiétée de ne voir personne sortir de chez M. Lepage depuis son départ il y a quarante-huit heures. Par acquit de conscience, simplement, elle est venue voir.

— Tenez, madame, dit-elle en lui tendant une enveloppe certes grande mais plate, je n'arrivais pas à glisser ça sous la porte.

Son mensonge fait rougir tout son visage tavelé et bouffi, même les nævus prennent un teint plus foncé, ce qui ne l'empêche pas d'en profiter pour scruter la jeune femme. Oui, elle a l'air un peu hagarde, Mme Lepage... Elle est peut-être plus maigre et plus pâle encore que d'habitude... Sinon, rien de nouveau dans son apparence : ses vêtements et sa coiffure sont, comme toujours, aussi impeccables que banals.

— Le bébé dort, dit Saffie à la concierge, comme pour justifier l'absence de l'enfant dans son champ de vision. Elle est sur le point d'ajouter : « Il est vivant », mais Mlle Blanche recule déjà, un doigt sur les lèvres.

— Ah ! pardon, il fait sa sieste ! J'espère que je ne l'ai pas réveillé avec la sonnette...

Et elle s'éclipse. Rassurée. Très gentille, vraiment.

Le souvenir de Saffie s'arrête presque là. Elle ne sait plus comment elles ont fait, les voisines et leur ribambelle d'enfants, si elles ont réussi seules à déplacer la poutre sans faire s'effondrer le reste de la maison, ou si des secours ont fini par arriver, ambulances, grues, voitures de pompiers... Son souvenir s'arrête presque là mais il y a une autre image : ce sont les lilas, les lilas et le vent, car c'était une belle journée d'avril venteuse et devant la maison de Frau Silber des lilas des trois couleurs, blanc mauve violet, se balançaient dans le vent. Le vent était bon à respirer et le parfum des lilas chatouillait les narines de Saffie – voyez, personne n'avait fait de mal aux lilas, ils étaient gracieux et insouciants comme si le monde venait juste d'être créé, comme si Dieu venait de jeter un regard approbateur sur Sa création avant d'aller se coucher ce soir-là – détournant les yeux de la maison où Lotte était évanouie de douleur sous la poutre, *Mensch ärgere dich nicht*, ça ne sert à rien de vous énerver, de toute façon ce n'est qu'un jeu, on rigole et on recommence, et si on perd eh bien on rigole quand même car le plus important c'est de ne pas être mauvais joueur...

Saffie pose Emil dans son lit, dans sa chambre rien qu'à lui, une chambre de petit garçon français avec du papier peint à motif d'avions, des peluches alignées sur les étagères, une commode bien rangée (pyjamas dans le tiroir du haut, maillots de corps au milieu, barboteuses en bas), un lit-cage et, à côté, une table à langer avec bouteille d'eau, lait de corps, talc pour érythèmes fessiers, petit peigne et petite brosse aux poils soyeux pour les cheveux soyeux du petit bébé...

Elle le recouvre de sa couette (le corps seulement, pas la tête !) et remonte sa boîte à musique, cadeau de sa grand-mère paternelle, qui joue *Le Lac des cygnes* de Tchaïkovski.

Les instruments de musique sont aussi stupides que les oiseaux, se dit Saffie. Ils ne savent pas se taire. Les lilas ne cesseront jamais de se balancer dans le vent, ni le vent de souffler, ni le ciel d'être bleu et serein, ni les oiseaux et les flûtes de chanter...

Lotte est morte. Ils n'ont réussi ni à déplacer la poutre ni à faire venir des secours, elle est toujours là et morte, morte, et comme c'était sa seule enfant Frau Silber s'assied sur le perron de sa maison, elle pose le front sur ses genoux et entoure ses jambes de ses bras et se balance tout doucement comme les branches de lilas, sans s'arrêter. Quand la nuit tombe, la mère de Saffie prend par le bras la mère de Lotte, désormais mère de personne, et la conduit dans leur maison à eux : maison debout encore, ce jour-là. Elle a préparé une soupe au lait et aux pommes de terre mais la mère de personne n'a pas faim, elle se met dans un coin de la pièce près du poêle éteint et reprend la même position, le front sur les genoux, les bras autour des jambes, et se balance, et se balance...

Saffie et ses frères, sœurs, mère, en cercle autour de la table, joignent les paumes, baissent la tête et, avec ferveur, remercient Dieu pour tant de bienfaits. La vie pour eux est pure félicité ce soir-là, puisqu'aucun d'entre eux n'est Lotte : tous ont des papilles pour savourer la soupe, leurs paumes pressées l'une contre l'autre sont chaudes et non pas froides et leurs six voix articulent à l'unisson les paroles du bénédicité. Chaque seconde de cette soirée est une épiphanie, car la mère de personne se balançant en silence au fond de la pièce leur rappelle qu'aucun d'entre eux n'est Lotte mais qu'au contraire chacun d'entre eux est soi, pleinement soi et vibrant de vie, avec chaque membre au bon endroit, une bouche remplie de dents et un ventre apaisé par du chaud, du succulent.

Le Lac des cygnes s'est interrompu au milieu d'une phrase. Le souffle d'Emil est rapide et régulier.

Mais comment a-t-on fait pour avoir tant d'ennemis ? Pourquoi viennent-ils ici nous trouver, nous brûler et nous tuer, alors qu'on ne leur a rien fait ?

Saffie ne sait à qui poser ces questions.

Elle grimpe sur les genoux de sa mère et se pelotonne contre elle – mère montagne, forêt, océan, ciel, mère univers qui l'entoure de ses bras univers, comme lorsqu'elle était toute petite, pourquoi ne peut-on toujours rester petite – « Alors ceux qui veulent nous tuer c'est le diable ? » C'est ce que disent certaines voisines, que l'ennemi c'est der Teufel, il a des yeux de feu et des dents en forme de balles pointues, le grondement de ses engins vient des entrailles de la terre, il vient de loin et nous voue une haine irrévocable, veut nous rayer de la carte, réduire à néant nos villes et nos usines, nos champs et nos chemins de fer, chaque nuit ou presque il nous survole et sème la mort partout, les murs vibrent, les vitres et les ampoules tremblent et se fracassent, ça gronde, ça tonne et ça recule, s'éloigne et se rapproche : près – loin – près – loin –

Saffie frôle de son index la joue d'Emil qui dort. Encore maintenant, elle maîtrise mal le proche et le lointain : un objet ou une personne à plusieurs mètres de distance peut soudain lui paraître anormalement près, énorme et flou, alors qu'un tronc d'arbre qui se trouve près d'elle se met à rétrécir tout en se précisant, les moindres détails de son écorce se dégageant avec une netteté insoutenable.

La nuit, le hurlement des sirènes réveille les enfants et, un à un, ils viennent dans le lit maternel où dort déjà Peter. Une nuit, après les vrombissements, les rafales et les sifflements habituels, ils entendent – ou plutôt reçoivent, dans leur chair et pas seulement dans leurs oreilles – une déflagration.

Et, tout de suite après : silence.

Ils se rendorment, entassés pêle-mêle dans le grand lit.

La mère se lève, d'autres mères aussi, pour s'aventurer dehors en peignoirs et en pantoufles, voir les dégâts – qui ? quelle maison cette fois ? combien de morts ? – mais non. C'est l'avion du diable qui brûle là-bas, au milieu d'un champ voisin.

Saffie tire les voilages à la fenêtre et, sortant de la chambre de son fils endormi, referme la porte.

Se tient immobile dans le couloir, les bras le long du corps.

Ce jour-là elle se réveille tôt – peut-être est-elle réveillée par le premier cri du coq de la ferme voisine – elle ouvre grands les yeux, les autres enfants dorment autour d'elle, et sa mère toujours en peignoir s'est couchée sur la descente de lit sans drap ni couverture, un vieux coussin sous la tête en guise d'oreiller, le bébé dans le creux de son corps. S'approchant d'elle, Saffie voit qu'elle sourit dans son sommeil.

Elle est envahie d'une allégresse inexplicable. Seule au monde ! Seule réveillée, avec le soleil qui brille au-dehors et le cœur qui bat en dedans ! Elle se dégage d'entre les membres enchevêtrés, écartant avec précaution bras de frère et jambe de sœur, un peu comme lorsqu'on joue au mikado – attention, doigté, doigté, il s'agit d'écarter cette baguette-ci sans faire bouger celle-là ! – Lotte était douée pour le mikado parce qu'elle avait les ongles longs et effilés, c'est un avantage, peut-être que si Dieu avait laissé pousser ses ongles Il aurait réussi à écarter la poutre quand la maison de Lotte s'est effondrée, mais, bon...

Saffie se tient immobile dans le couloir. C'est demain que Raphaël revient. Demain en fin de matinée.

Saffie attrape sa robe sur le dos d'une chaise, glisse les pieds dans de vieilles sandales et se retrouve dehors. Personne ne la voit. Dieu ! Jamais elle n'a eu le monde ainsi à elle. Elle se met à courir pour le pur plaisir de sentir bouger ses jambes, son cœur, son corps, elle sautille sur un pied puis sur l'autre, s'invente une marelle, court à reculons, essaie de faire la roue, échoue comme d'habitude et rit tout haut, se moque d'elle-même, elle ne connaît pas le mot de liberté mais c'est bien ça, la sève qui circule dans ses veines en ce moment.

Les maisons dorment, même les vaches dorment dans les prés, toutes couchées dans le même sens, celles qui tombent malades maintenant doivent mourir parce que son père est à Leverkusen mais bientôt il reviendra, la guerre sera terminée et la vie pourra reprendre comme avant...

Ah – voilà l'épave de l'avion écrasé, ça fume encore, c'est un amas de ferraille calcinée, désarticulée – elle la dépasse, entend encore le coq, dépasse la maison de ferme voisine, arrive à la hauteur de la grange.

Dans le couloir, Saffie a maintenant les bras croisés sur sa poitrine, les mains accrochées aux épaules. Elle fixe le vide.

La porte de la grange est en train de s'ouvrir. Lentement, en grinçant, comme dans un mauvais rêve ou une histoire de fantôme. Clouée sur place, Saffie regarde : personne ne la pousse, la porte, elle s'ouvre toute seule ! Mais si, il y a... non pas quelqu'un mais quelque chose, une chose rampante, entièrement noire et rouge... En un éclair, en un saisissement, Saffie comprend : c'est *der Teufel*, le diable, et en même temps *der schwarzen Mann*, le terrifiant homme noir de la comptine, celui qui vient vous chercher dans votre lit la nuit, vous kidnapper, vous tuer, *Wer hat Angst vorm schwarzen Mann ?* Qui a peur de l'homme noir ? Il porte l'uniforme kaki du diable mais sale, déchiré et maculé de sang, c'est lui qui a essayé de les tuer la nuit dernière, son avion s'est écrasé et a pris feu mais lui n'a pas brûlé, lui ne peut pas mourir, il a attendu dans la grange toute la nuit en sachant qu'elle viendrait ce matin et le voilà qui rampe vers elle comme un serpent, la peau toute noire partout, les lèvres rouges énormes, la langue rouge pendante, il tend un bras vers elle et la dévisage de ses yeux blancs exorbités, maintenant elle entend sa voix aussi, répétant le même mot encore et encore, « *Water !* » dit-il. « *Water ! Water !* » – c'est le mot de sa magie noire, le mot pour la mort de son peuple à elle, « *Please little girl ! Please get me some water !* » – ahanant, suant, saignant, tendant le bras vers elle – et Saffie, sans un mot, sans un cri, sans une idée – froide et invisible comme une idée –, vole à travers les airs.

La nouvelle se propage vite. Saffie, sa mère, les voisines, le curé, les vieillards : tout le monde converge vers la grange qui pendant la nuit a abrité le diable. On est venus armés de fourches et de fusils. On le cerne, on le menace, on vocifère contre lui – mais il reste là, dans la porte de la grange, face contre terre, dans les guenilles brûlées et ensanglantées de son uniforme de diable noir.

Wer hat Angst vorm schwarzen Mann ? Il ne fait pas semblant : il ne bouge pas, ne bougera plus.

C'est ce que sa mère lui racontera plus tard. Mais dans son souvenir devenu rêve, ou dans son rêve devenu souvenir, quand Saffie arrive à la maison en courant et cherche à les prévenir, ses lèvres forment les mots – « *Der Teufel !* Le diable ! là-bas ! dans la grange ! » – mais aucun son ne sort de sa bouche. Elle gesticule avec les bras – « Là-bas ! dans la grange ! » – et les autres ne font que la regarder en fronçant les sourcils et en hochant la tête : « Pauvre petite, disent-ils, pauvre petite... »

Saffie vient de passer une troisième nuit blanche. Quand la clef de Raphaël tourne dans la serrure, il est huit heures du matin.

Il est revenu plus tôt que prévu, son époux. Il a pris le premier vol de la journée, trépignant d'impatience de retrouver sa petite famille. Passant la tête par la porte du salon, il voit sa femme assise dans un coin du canapé, les genoux serrés, à fixer le poste de radio éteint.

— Saffie ? dit-il. Il dort, notre Emil ? Tout va bien ?

Elle le regarde sans répondre, sans comprendre, essaie de se lever, reste là comme pétrifiée.

— Raconte-moi ce que tu as fait pendant ces trois jours... Il a fait beau, vous êtes sortis ?

Le visage et la voix de Saffie s'emplissent de confusion.

— Il a fait beau ? balbutie-t-elle. Je ne sais pas... Peut-être, oui... Et toi... là où tu étais ?

— Mon amour, dit Raphaël.

Il vient se mettre à genoux près d'elle sur le tapis, pose une joue sur ses cuisses et lui enlace le corps de ses deux bras.

— J'ai tellement, tellement pensé à vous ! dit-il. Tu ne peux pas savoir comme vous m'avez manqué.

— Moi aussi, dit Saffie, après une pause.

— Tu as l'air frigorifiée. Veux-tu que je te fasse du thé ? Tiens ! je vais te faire un bon thé chaud... Attends !

Saffie attend.

Raphaël revient avec le thé, dépose le plateau sur la table basse devant sa femme, la sert, l'embrasse sur le front.

— Merci, dit-elle.

Et ajoute, avant d'avoir goûté :

— C'est délicieux.

C'est donc que rien n'a changé, se dit Raphaël. C'est donc qu'elle ne va pas mieux, et que la maternité n'est pas en train de la guérir. Découragé, il va chercher sa trousse de toilette dans sa valise, puis s'enferme dans la salle de bains pour prendre une douche et se raser. Quand il ressort, il trouve Saffie dans la même position qu'avant. Son thé s'est refroidi sans qu'elle y ait touché.

Entre-temps, Emil s'est réveillé. Il a dû mouiller sa couche : dans son cri plaintif, on reconnaît cet inconfort spécifique.

Les problèmes de chacun sont les plus importants, n'est-ce pas ? Le problème d'Emil en ce moment, c'est une couche mouillée, l'acide urique qui lui ronge la peau des fesses et de l'entrejambe. Ne ricanez pas : vous en avez été là, vous aussi. Et il se peut bien qu'un jour vous le soyez encore.

8

Le printemps s'affirme, d'autres oiseaux viennent pépier et picorer dans la cour de la maison rue de Seine, des feuilles vert tendre font leur apparition sur la vigne vierge.

Les concerts de Milan ayant suscité des critiques dithyrambiques, une prestigieuse salle parisienne donne son feu vert à l'imprésario de Raphaël Lepage pour y organiser un concert solo au mois d'avril.

Ce succès dans la vie publique rend plus insupportable encore, pour Raphaël, ses difficultés dans la vie privée. Dans un sursaut de volontarisme, il prend sa femme et son fils en photo et envoie un choix de clichés à sa mère en Bourgogne (notamment celui, le seul, sur lequel Saffie sourit).

Il *faut*, se dit-il, que les choses s'arrangent. Il faut qu'on mette fin à cette paralysie grotesque. Si on la reconduit de jour en jour, elle ne pourra que s'empirer. Il n'y a aucune raison que nous ne soyons pas heureux, tous les trois. *Saffie, je t'en supplie, existe !* Ceci est un mariage, c'est pour la vie, mon fils a besoin d'une vraie mère pour lui parler et lui chanter, lui apprendre le monde. *Saffie, ma Saffie à moi ! Reviens dans mon lit !*

Ils n'ont pas fait l'amour depuis les premières semaines de la grossesse. Il ne la brusque pas. Il la tient dans ses bras la nuit et cherche à la calmer, à l'apprivoiser, à la mettre en confiance. Il la caresse, de ses mains et de ses mots, la pénètre enfin avec une telle douceur qu'il est au bord des larmes. Et elle, obéit. Ne fait qu'obéir, sans plus. Se remet à ne-pas-dormir à ses côtés plutôt que de ne-pas-dormir dans la bibliothèque. Garde sa chemise de nuit quand ils font l'amour, pour lui cacher son ventre avec l'affreux sourire denté. À part cela, l'accepte de nouveau dans son corps. Le fait jouir comme avant : distraitement. Sourit et parle, sans être présente derrière son sourire, ses paroles.

Telle est la situation du ménage Lepage, moins que brillante il faut bien l'admettre, lors du grand concert solo de Raphaël à la mi-avril 1958. Or ce jour-là, tout bascule.

Vers dix heures du matin, Raphaël travaille à la flûte basse un morceau qu'il prévoit de jouer en *bis*. Ce sera une sorte de cadeau qu'il offrira au public, ce changement inattendu d'instrument : délaissant la virtuosité et la brillance de ton auxquelles il les aura habitués avec sa Louis Lot, il jouera sur la Rudall Carte un morceau grave et pensif... après quoi, il ne leur restera plus qu'à se lever en silence et à partir sans applaudir, pour préserver en eux les sublimes vibrations qu'ils viennent d'entendre.

Au milieu du morceau qu'il travaille, la flûte basse de Raphaël produit un couac.

— Eh ! merde.

Irrité, il s'interrompt. Il connaît le problème : lorsqu'il ôte l'index gauche de la clef de *do* le tampon reste collé, de sorte que le *do* dièse qui suit ne fait que réitérer un *do* poussif et éraillé. C'est depuis toujours le point faible de cette flûte : elle est comme une vieille dame dont, périodiquement, la cheville gauche flanche et se foule ; on n'a d'autre choix que l'emmener voir un spécialiste.

Certes, il pourrait renoncer à jouer ce *bis*-là avec cet instrument-là – le morceau n'est pas inscrit au programme – mais ça l'embête. Quand Raphaël a formulé un désir, serait-ce en lui-même et pour lui-même, il n'aime pas le voir contrecarré. D'autre part, comme on vient de le voir, il est d'humeur particulièrement volontariste en ce moment.

Soudain il voit le moyen de faire d'une pierre deux coups : il enverra Saffie s'occuper de la réparation. Le luthier habite dans le Marais, rue du Roi-de-Sicile, ce n'est pas trop loin ; elle peut y aller à pied, avec Emil dans son landau. Il fait beau, la promenade lui fera du bien... oui, décidément, l'idée lui plaît.

Toujours deux choses à la fois, Raphaël.

Le pauvre.

Le landau attend en bas, près de la loge de la concierge. C'est un machin énorme, noir, insoulevable. Saffie y glisse son silencieux paquet vivant. Cachée sous la couverture aux pieds d'Emil, la flûte basse occupe plus de place que lui.

La femme au landau s'éloigne en direction du fleuve. Saffie n'a jamais promené Emil plus loin que le marché de la rue de Buci. Là, c'est une vraie expédition : Raphaël lui a fait un plan. Il faut descendre la rue de Seine, passer sous le porche de l'Institut et traverser le pont des Arts. C'est pittoresque, le pont des Arts, c'est la plus jolie passerelle de Paris, on y croise des accordéonistes aveugles ou des joueurs d'orgues de Barbarie, singe sur l'épaule, des peintres en béret et en blouse, installés devant leurs chevalets en train de croquer le Pont-Neuf, la jolie pointe verdoyante de l'île de la Cité – et même, au-delà, en arrière-fond, les tours de Notre-Dame...

Machinal, le pas de Saffie dans l'air doux, dans l'air entêtant de cette journée printanière. Enfermés chacun dans son silence, la mère et le fils sont aussi imperméables l'un que l'autre à la beauté qui les entoure. Voici que se dressent devant leurs yeux le grandiose musée du Louvre, et la façade gothique (crasseuse mais néanmoins raffinée) de l'église Saint-Germain-l'Auxerrois ; Saffie ne les voit pas. Elle suit le plan qu'elle a déplié et posé devant elle sur la couverture d'Emil. Tourne à droite. Longe la Seine : bateaux, péniches, pêcheurs, promeneurs, amants, autres mamans à landaus... tout lui est transparent.

Emil est réveillé, il a les yeux posés sur le visage de sa mère mais elle ne le sait pas. Elle suit le plan.

Ne cille pas, à la hauteur de l'Hôtel de Ville, devant les énormes dunes de sable des entreprises Morillon-Corvol, qui servent de toboggans aux gamins du quartier. Ne gratifie pas d'un seul coup d'œil l'Hôtel de Ville lui-même – tourelles, statues, fontaines, drapeaux tricolores. Ne spécule pas sur les personnages et événements historiques ayant donné leurs noms aux rues qu'elle emprunte ensuite : Pont-Louis-Philippe, Vieille-du-Temple, Roi-de-Sicile : ce sont des noms, voilà tout. Il s'agit de vérifier – c'est bien ça – et de tourner – à gauche, à droite.

Maintenant, à mesure qu'elle avance, la ville s'assombrit peu à peu. Façades noires de suie, devantures murées, maisons au ventre bombé, étayées de béquilles. Les rues sont plus étroites ici, et plus encombrées qu'au quartier de l'Odéon : charrettes, carrioles, camions et voitures à bras se disputent la chaussée... Ça commence à grouiller et à bourdonner de façon impressionnante. Criaillements de mômes, ronronnements et martèlements de machines, appels monotones réitérés de vendeurs ambulants... un vrai tintamarre dans l'air... sans parler des odeurs : aigres, âcres, fortes, inusitées... Elle pourrait être dépaysée, Saffie, ou à tout le moins curieuse. Mais non, elle fait son devoir, suit les instructions de son mari, cherche l'adresse, le bon numéro dans la rue du Roi-de-Sicile, sans s'apercevoir de l'ambiance trépidante dans laquelle elle vient de s'immerger. Voici – fond de cour – porte vitrée avec un carton disant « Luthier vents et bois » – elle frappe. Si seulement elle ouvrait les yeux, elle verrait que le mur est fait lui aussi de vitres, que c'est un atelier, et que dans la vitrine... Mais, puisqu'elle a frappé, quelqu'un est venu lui ouvrir. Poussant maladroitement le landau devant elle, Saffie entre.

Malgré le mur vitré, il fait plus sombre dans l'atelier que dans la cour et, les premiers instants, elle ne voit que des ombres. Une grande ombre fait le tour du landau pour refermer la porte derrière elle.

Saffie-Devoir est préparée. Elle débite son laïus, articulant avec soin :

— Bonjour monsieur, je suis l'épouse de Raphaël Lepage le flûtiste, il s'excuse de ne pas venir vous voir lui-même, il prépare un concert pour ce soir et c'est très urgent, sa flûte... basse... sa flûte basse a un problème, c'est écrit, là, j'ai une lettre pour vous, c'est ici, dans...

Tendant la main pour écarter la couverture d'Emil, Saffie est arrêtée à mi-geste par la voix de l'inconnu :

— Ah ! ta-ta-ta-ta-ta-ta-ta-ta ! Stop ! *Plus une mouvement* !

Elle se fige. N'est même pas étonnée. C'est toujours ainsi, c'est toujours au pire qu'il faut s'attendre. Elle baisse les bras, ferme les yeux, renonce. Se retire très loin en elle-même.

L'homme rit. Mais pas avec méchanceté. Au contraire, avec gêne. Il est dérouté par l'effet qu'a produit sa plaisanterie.

— Je m'excuse, dit-il. Un blague. Un mauvais blague. C'est parce que, vous savez, à Algérie souvent, les mamas elles portent des bombes à la place du bébé, sous leur robe, dans les paniers... Alors c'était pour rire. Je vous faisais peur. Pardon. Bonjour, madame

Lepage. Pardon. J'ai rencontré votre mari. C'est un grand musicien. Montrez-moi l'instrument. Pardon, oui ? András, ajoute-t-il, en lui tendant la main.

Comment faire pour se rattraper ? La femme ne se déride pas : elle n'a pas dit un mot depuis qu'il a interrompu son Spiel. András se penche sur le landau.

— Voyons ça, voyons ça, dit-il – et, extrayant lestement Emil de sous la couverture, le tenant dans ses bras, il l'examine avec attention des pieds à la tête.

— Alors. Qu'est-ce qui va pas ? Où est le problème, pour l'instrument de Raphaël Lepage ?

Se produit alors une chose inouïe : les joues de Saffie deviennent écarlates. Et, chose plus inouïe encore, elle pouffe de rire. C'est le premier rire non sarcastique que nous entendons d'elle ; il a été refoulé si longtemps qu'il ressemble à un aboiement.

András lève les sourcils, creusant ainsi sur son front cinq rides profondes. Saffie elle-même est interloquée par le bruit qu'elle vient d'émettre. Elle avale une grosse goulée d'air, et se tait.

— Hmmm.... encore un bêtise, dit András, reposant le bébé dans son landau. Elle va bien, cette chose. Elle est belle. Bon état. Même si j'entends pas le son.

— C'est un *il*, dit Saffie.

— Ah. Oui. Et l'autre... (András ouvre maintenant, sur son établi, l'étui de la Rudall Carte)... C'est un *il* aussi ?

Saffie sent monter en elle le même rire fou que tout à l'heure, mais parvient à l'étouffer.

— *Une* flûte, dit-elle d'une voix plus grave encore que d'habitude, pour être sûre de la contrôler.

— Oh ! c'est pas la peine. J'arrive pas avec les genres, en français. Pourquoi *une* flûte et *un* table, il y a pas de sens.

— *Une* table, dit Saffie et, malgré ses efforts, un gloussement lui échappe.

András lit le mot de Raphaël en se grattant la tête.

— Oui, oui, oui, oui, oui, dit-il.

Et regarde Saffie, vraiment, pour la première fois. Instantanément elle baisse les yeux, rougissant à nouveau.

— Vous êtes de quel pays ? demande-t-elle, les yeux par terre parmi mille choses intéressantes, chiffons sales, mégots de cigarettes, bouchons, morceaux de liège.

— *András,* à votre avis ? dit l'autre.

Déjà il dévisse la clef de *do* défectueuse, ôte le tampon...

— Je ne sais pas.

— Tu ne sais pas ?

— Non, dit Saffie, ravie de cette intimité accidentelle.

— Et Budapest, vous savez ?

Inopinément, András est revenu au *vous*.

— ... Ungarn ? dit Saffie, incertaine, comme une petite fille mise à l'épreuve par son maître d'école.

— Ah ?

Cette fois András ne lève qu'un seul sourcil, tout en gardant les yeux sur la clef coupable. Hormis ce sourcil levé, rien dans son maintien extérieur ne trahit la commotion qui se produit dans son cœur. L'allemand est une langue qu'il connaît depuis l'enfance, qu'il maîtrise à la perfection, et dont il a juré que plus un mot ne franchirait ses lèvres.

— Vous aussi, vous n'êtes pas français ? dit-il. Vous parlez si bien.

— Non, pas très bien.

Temps. Elle n'a pas envie de le dire. Elle le dit.

— Je suis allemande.

Temps. Le tampon qu'András vient d'ôter de la clef tombe sur le sol, et y reste. András se met à siffloter.

— Cinq minutes, ça prend, dit-il enfin. Asseyez-vous, là...

D'un hochement de tête, il lui indique un vieux fauteuil en cuir, crevé, déchiré, défoncé, aux ressorts et à la bourre visibles, où trône pour l'instant une pile de journaux poussiéreux.

— Non, dit Saffie. Je suis bien debout.

Le silence entre eux revient, et se fait alors tellement significatif que les bruits de fond ressortent au premier plan. Une radio est allumée quelque part dans la pièce – tournant la tête, Saffie la voit, là-bas, sur une étagère. Couverte de poussière, elle aussi. Jazz et friture en émanent. Saffie respire avec difficulté. Elle a oublié son enfant. Elle n'a pas remarqué qu'Emil s'est endormi, que sa lèvre supérieure tremblote à chaque expiration. Les yeux courant çà et là, se réjouissant du désordre, elle explore le lieu où elle se trouve.

Un vrai capharnaüm, l'atelier d'András : foisonnement de machines, d'outils et d'instruments, de choses finies et en voie de finition. Dans la vitrine : flûtes, saxophones, clarinettes, hautbois, trombones et trompettes en un scintillant fouillis. Sur les étagères, les murs, toutes les surfaces disponibles : petites brosses et grosses boules, courbes de cylindres en or, en argent et en bois, flacons d'huile, boîtes transparentes, meubles à tiroirs étiquetés contenant ressorts et vis, clefs et mécanismes d'instruments, bouts de liège et tampons en feutre. Dans un coin : réchaud à gaz, casserole noircie par les flammes, torchon sale, évier pas propre, verre à dents, théière, boîtes de thé et de sucre, pots de confiture, saucisson, bocaux de cornichons et de poivrons rouges en saumure. Par terre et sur les meubles, entassés n'importe comment : journaux, livres, disques et partitions. Enfin, à l'autre extrémité de la pièce, suspendue au plafond par des clous : une grande couverture en laine rouge...

Ils courent, ils courent, les yeux de Saffie, et finissent par tomber sur l'horloge accrochée sur le mur en face d'elle – horreur ! *Dix-huit heures trente ?!* L'horloge a dû s'arrêter... Mais non, l'aiguille des secondes avance, Saffie entend distinctement son tic-tac. Dix-huit heures trente ! alors que Raphaël doit partir pour son concert à dix-huit heures – ce n'est pas vrai ! Elle lutte contre la panique montante, refuse d'admettre que quatre heures aient pu ainsi s'engouffrer dans le néant, regarde sa propre montre...

Le soulagement la fait presque tomber par terre. Treize heures trente. Elle a tout, tout, tout l'après-midi devant elle.

Elle ne regarde pas vers le landau où dort son fils, mais vers l'établi où travaille le Hongrois, bricolant, sifflotant, tête basse. Et là, ses yeux s'arrêtent.

Il est n'importe quelle heure, en effet.

L'homme est plus âgé que Raphaël, de quelques années sans doute. Cheveux un peu longs, d'un blond roux, tempes qui grisonnent déjà, visage labouré de rides. Quand il sourit, un demi-soleil apparaît au coin de chaque œil, lui illuminant tout le visage. Pull troué aux coudes, large pantalon en toile, tablier bleu. Doigts à la fois épais et pleins de grâce, noircis par l'huile, maniant le corps plaqué or de la flûte basse de Raphaël.

Emil respire, Charlie Parker joue dans la friture, l'horloge poursuit son tic-tac ironique, onirique, insistant sur son message loufoque, prétendant qu'il est maintenant dix-huit heures trente-deux, ou alors six heures trente-deux, allez savoir, les prévenant en tout cas que le temps passe, le temps passe, attention !

Saffie a vingt et un ans et, dans les deux minutes qui viennent de s'écouler, elle s'est métamorphosée. Elle se sent investie d'un pouvoir sacré : le pouvoir d'aimer cet homme et de se faire aimer de lui. À se trouver ainsi parmi son fatras intime, elle a l'impression d'avoir franchi non sa porte mais sa peau. Ses pensées se font désordonnées elles aussi. Le désir lui dessèche la bouche et raidit tous ses membres. Son regard vert est un faisceau de lumière, parcourant le corps et le visage du luthier. Elle ne dit rien. Elle regarde András et – même si c'est un mystère, même si aucune théorie scientifique n'a encore su fournir une explication satisfaisante du phénomène – András, à demi détourné d'elle, les yeux baissés, sent son regard sur lui.

Tous ses pores se posent la question : *Quoi ? vraiment ? sérieusement ?* Et tous, sans ambiguïté, lui apportent la même réponse : *Oui.*

Ses doigts intelligents, ses doigts qui pensent, qui interrogent et comprennent les instruments de musique comme un gastroentérologue le ventre de son malade, ses doigts épais mais agiles, rapides... se mettent à ralentir.

Ils ralentissent.

Saffie s'en aperçoit. Son faisceau de lumière verte se fait plus puissant encore, plus concentré. Elle est, toute, dans son regard sur cet homme aux doigts noircis, au large pantalon de toile et aux tempes grises. Sous l'impact du regard vert, les doigts, mains, bras d'András finissent par s'immobiliser. Il est paralysé. Contrairement à Saffie, il n'a pas oublié l'enfant qui dort, là, près d'eux. Il sait que s'il lève les yeux vers la femme allemande avant de parler à nouveau, il est perdu. Il cherche des mots et n'en trouve aucun, dans aucune langue.

Il lève les yeux.

Le regard de Saffie est une boule de feu qui lui entre par les pupilles et lui plonge jusqu'au fond du ventre. Il brûle. Il la regarde, elle, cette Mme Lepage dont il ne connaît même pas le prénom. Et ses yeux, la regardant, ne contiennent pas la moindre question.

Ils restent ainsi. Beaucoup trop longtemps pour qu'il soit encore possible, après, de feindre l'innocence. De toute façon ils ne le souhaitent pas. Ils ne souhaitent qu'une chose : chacun l'autre ; leur fusion. Saffie est debout : András se lève, ôte son tablier, traverse le peu d'espace qui les sépare et lui prend la main

– comme ça, de l'extérieur – ne glisse pas sa main dans la sienne mais *prend* la main de Saffie en la serrant comme une chose. L'amène avec lui jusqu'à la porte vitrée, où il retourne le carton (de l'autre côté, griffonné à la main : « Reviens de suite ») et ferme la porte à clef, de l'intérieur. (Oh ce bruit, Saffie ! la clef d'András tournant dans la serrure de la porte vitrée ! As-tu jamais entendu plus belle musique ?) La conduit ensuite au fond de la pièce. Saffie flotte, à ses côtés. L'amour, telle une aura nucléaire, bleuit l'air autour de son corps.

Tenant fermement encore la main de l'Allemande, András écarte la couverture rouge.

C'est ici que dort le luthier. Son lit : un vieux canapé défait et déglingué, accueillant dans la pénombre. Près du lit : un vieux tourne-disque, un paquet de Gauloises sans filtre et un cendrier. Sur le dossier d'une chaise : deux ou trois chemises. Suspendue à deux clous fichés dans le mur : une vieille gabardine. Sur les étagères : d'autres piles de disques et de livres, de partitions et de journaux. Tout cela est sien, à lui, à András. Sous leurs pieds : un tapis fait de chutes de tissu, du genre couramment fabriqué en Afrique du Nord.

Ils sont debout, face à face. András a relâché la main de Saffie. De sa main gauche, aux doigts encore noircis par le travail, il lui prend le cou. Pince sans cérémonie, entre son pouce et ses doigts repliés, un gros bout de chair de son cou.

Saffie, à ce moment, fait une chose inattendue. Elle prend l'initiative. Se dégageant de la prise de l'homme, elle pose ses deux mains sur sa taille – taille pleine, charnue, charnelle, plus épaisse que celle de Raphaël – et se laisse glisser vers le bas. Ses mains passent le long des hanches et des cuisses de l'homme, elle est à genoux devant lui, lui dur, tout enfermé encore dans son pantalon, et elle appuie le visage là, nez, joue, paupières, os de la cavité orbitale, appuie fort, lèche son pantalon à cet endroit, appuie longuement la langue sur le tissu rêche et sec du pantalon... András, sans fermer les yeux, pose les deux mains sur la tête de cette inconnue, cette étrangère aux yeux verts fermés, et Saffie, soulevée alors par une houle violente, est jetée à terre dans la première jouissance de sa vie.

Au bout d'un moment, András se baisse et la ramasse, la pose sur son lit défait et s'assied près d'elle à même le sol, sur le tapis peut-être tunisien. Il étudie ses traits anguleux, contractés encore par l'intense douleur de son plaisir. Puis se lève et va là-bas, dans l'autre monde, au-delà de la couverture, éteindre la radio. Revient – oui ! revient vers elle, Saffie ! – et se penche à nouveau, cette fois pour mettre un disque sur la platine. (Il choisit exprès une musique légère et un peu bête : une opérette d'Offenbach.) Se retournant vers Saffie, il allume une gauloise et expire bruyamment la première bouffée de fumée.

Saffie suit tous ses gestes des yeux. Quelque chose a changé dans son regard. Il est plus ouvert que tout à l'heure, dirait-on, et plus vulnérable. Tendant vers elle la main qui ne tient pas sa cigarette, András fait glisser sans douceur l'articulation du pouce sous son menton.

— Et... dit-il avec un énorme sourire, comment elle s'appelle, cette Mme Lepage allemande ?

Elle rit à nouveau. Un rire libre et spontané. Et dit, à la fin de son rire – ou s'écrie, plutôt, dans une sorte de joie sauvage :

— *Saffie !*

Le son de sa voix réveille Emil, qui se met à vagir.

Le couple se lève – oui c'est un couple déjà, et ça le restera longtemps – et repasse dans l'atelier. Aucun des deux n'a quitté le moindre vêtement.

— Il est affamé ? demande András.

Saffie regarde non pas son fils mais sa montre : il n'est que quatorze heures, et elle l'a nourri à midi.

— Non, dit-elle. C'est trop tôt.

Pour le faire taire elle se met à balancer doucement le landau, mais le vagissement persiste.

— Il a la caractère comme sa mère, dit András. Je vois dans son visage. Étonnant. Quel âge ?

De façon incroyable, Saffie hésite. Puis dit :

— Deux mois et demi.

András a sorti de sa poche une vieille montre à gousset. La suspendant à une vingtaine de centimètres au-dessus du visage de l'enfant, il imprime à la chaîne un mouvement de pendule. Presque aussitôt, les yeux d'Emil attrapent l'objet et se mettent à le suivre. Ses pleurs s'espacent, cessent.

— C'est un garçon, dit András d'un air docte. Vous savez, si le montre fait une ligne droite, c'est un garçon. S'il fait une cercle, c'est une fille.

Saffie glousse.

— Donc, dit-elle, vous avez quand même une montre pour savoir l'heure.

— Non, dit András. Je la garde sur moi, c'est tout. L'heure, ça m'est égal. C'était à mon père.

— ... Il est mort ? dit Saffie, hésitante, tout bas.

András, qui tient toujours la montre au-dessus du visage d'Emil, laisse passer un ange.

— Oui. Il est mort.

— Et il faisait quoi... ?

— Pareil, instruments à vent. Mais ponctuel.

— Ah ! dit Saffie en riant. Le mien, ajoute-t-elle au bout d'un moment, était médecin pour les bêtes.

— Ah, dit András.

Imperceptiblement, ses traits se détendent. Elle a utilisé l'imparfait.

— *Vé-té-ri-naire*, ajoute Saffie, fière de se rappeler ce mot que Raphaël lui a appris il y a plusieurs mois.

Rassuré par l'odeur de Saffie et par le son de sa voix, Emil pousse un soupir et se rendort. Le luthier se penche vers sa mère, de l'autre côté du landau. Effleure ses lèvres sèches avec les siennes.

— Tu viens ? dit-il.

Il veut dire *reviens*, et Saffie l'a compris.

— Oui, dit-elle, son cœur battant comme la grosse caisse à la fin de *Don Giovanni*. Je viens.

Leurs yeux se tiennent.

— C'est bon, la flûte, ajoute András enfin.

Il l'essaie, posant maintenant ses lèvres sur l'embouchure métallique et non plus sur les lèvres de Saffie. Le *do* dièse se distingue clairement du *do*.

— Ton mari peut le jouer ce soir.

Il glisse l'étui fermé sous la couverture. Tapote une fois, du bout de l'index, le nez d'Emil, puis celui de Saffie. Leur ouvre la porte, et traverse la cour avec eux jusqu'à la porte cochère. Ils n'échangent plus un mot, mais les yeux d'András restent fichés sur l'Allemande, suivant la forme de son corps tandis qu'elle s'éloigne dans la rue du Roi-de-Sicile. Elle se retourne, juste avant de se confondre avec la foule. Et l'accord entre eux, alors, est scellé en ciment.

La flûte basse de Raphaël est réparée, et son mariage est en ruine.

9

Pendant ce temps, l'armée française en Algérie a rendu systématiques la torture comme méthode d'interrogation et l'exécution capitale comme moyen de représailles. Concrètement, cela veut dire qu'on apprend aux gentils et innocents garçons blancs de France, à peine sortis de leurs études secondaires, à imprimer d'horribles spasmes aux corps basanés en les attachant aux électrodes d'une magnéto et en ouvrant le jus ; d'autre part on leur apprend à ricaner de ce traitement en le nommant « rock'n'roll ». Quant aux suspects dont il faut plonger la tête sous l'eau et l'y tenir le plus longtemps possible sans pour autant les éliminer comme source de renseignements, on plaisantera à leur sujet en parlant de « brasse coulée ». Et ceux parmi les appelés qui rechignent à démolir ainsi leurs semblables, ceux qui pleurent, protestent ou vomissent seront raillés, humiliés, traités de gonzesses et de mauviettes ; on les dressera à supporter.

Les militants du Front de libération nationale, refusant de se laisser intimider, continuent de commettre des attentats au cours desquels leurs ennemis français (ou algériens, du Mouvement national algérien) se retrouvent sans nez ou sans tête ou sans organes sexuels ou sans entrailles. Le 13 mai 1958, à la suite de quelques « événements » supplémentaires (tentative de coup d'État à Alger par des généraux surexcités, occupation du ministère de l'Intérieur, appropriation de Radio-Alger par des paras), le Front se proclame gouvernement provisoire de la République algérienne.

La situation est grave. Charles de Gaulle s'en rend compte, et décide de prendre les choses en main ; après onze ans d'absence, il se déclare prêt à diriger à nouveau le destin de la France.

Hortense de Trala-Lepage s'en rend compte elle aussi, en lisant *Le Figaro*, et se met à trembler pour ses chers vignobles d'outre-mer.

Presque tout le monde s'en rend compte : tant en Algérie, où les femmes musulmanes arrachent leur voile, qu'en métropole, où des foules énormes manifestent en scandant, encore et encore : « De Dunkerque à Tamanrasset : une seule France ! »

Raphaël, lui, ne se rend compte de rien : il voyage.

À partir de cette époque, grâce à la réparation de sa flûte basse et au succès retentissant de son concert solo dans la salle parisienne, il sera de plus en plus accaparé par sa carrière. Il est désormais passé maître de son instrument. Aux quatre coins du monde, ceux qui l'écoutent sont subjugués par l'étonnant tissage, dans son jeu, entre passion et précision. On le sollicite de partout. Il accepte concerts et stages, tournées et master classes, impliquant des absences plus ou moins prolongées dans des pays plus ou moins lointains.

Il les accepte d'autant plus volontiers qu'il voit enfin apparaître, chez son épouse, les prémices du bonheur. Chaque fois qu'il revient à Paris, il constate que Saffie promène le bébé dans son landau avec un plaisir patent. Il voit qu'un peu de couleur commence à affleurer sur ses joues, un peu de chair se fixer sur ses os, et il s'en réjouit. C'est donc, catastrophiquement, le cœur en paix qu'il monte dans des taxis, des trains et des avions qui l'éloignent de la rue de Seine, sachant sa femme et son fils enfermés ensemble dans une bulle de félicité.

Quelqu'un d'autre s'aperçoit du bonheur de Saffie, et en tire des conclusions diamétralement opposées : c'est Mlle Blanche.

La concierge est frappée par l'allure nouvelle de la jeune femme. C'est un pas qu'elle reconnaît : un pas léger et irresponsable, délesté de tout poids de réel. Elle-même a marché de ce pas-là lorsque, travaillant comme secrétaire dans une entreprise, elle a vécu avec un collègue marié le seul et unique grand amour de sa vie. L'histoire s'est mal terminée : Mlle Blanche s'était naïvement imaginé que cet homme ne pouvait lui faire l'amour que parce qu'il ne désirait plus sa femme... Comme il avait déjà deux fils, et comme elle ne savait pas encore son système hormonal saccagé par les acides de Saint-Ouen, elle avait rêvé de lui donner une fille. Le jour où, avec les autres collègues de l'entreprise, elle avait été invitée à un « pot » pour fêter la naissance d'une fille à son amant, elle avait cru mourir de honte et de douleur.

Ah oui, si l'adultère peut vous donner des ailes, le vol est presque toujours bref et la chute, rude. Mais c'est plus fort qu'elle : à regarder la jeune femme s'éloigner avec son landau en direction de la Seine, Mlle Blanche a chaud au cœur. Comment mettre en garde un être qui affiche un bonheur aussi flagrant ?

On ne peut qu'espérer que les dégâts seront limités.

András n'a pas le téléphone. Dans le quartier du Marais à cette époque, il faut au moins deux ans d'attente pour obtenir une ligne téléphonique. Mais András ne l'a même pas demandée ; il préfère la vie sans téléphone comme il la préfère sans montre. Cela implique, pour lui, une certaine passivité : c'est Saffie qui, chaque fois, prendra l'initiative de leurs rencontres, sans pouvoir l'en prévenir.

Elle va, la deuxième fois, pour se déshabiller, et pour que lui se déshabille. Mais, arrivant devant la porte vitrée, elle entend des voix et comprend – déception – qu'il n'est pas seul.

Il l'accueille avec naturel, l'aide à faire entrer le landau et la présente à son visiteur, un grand Noir dégingandé :

— Saffie, Bill...

— *Hi*, Saf !

Saffie a un mouvement de recul involontaire, imperceptible. C'est la première fois depuis le diable dans la grange qu'elle se trouve à moins de dix mètres d'un Noir. Au moment où il lui tend la main, elle voit l'autre main tendue et le mot de « *Water !* » affleure dans son esprit, mot dont elle connaît maintenant le sens mais qui n'a jamais perdu son aura de danger. *Wer hat Angst vorm schwarzen Mann ?*

Prenant sur elle-même, elle lève sa main, la laisse prendre et serrer dans celle de l'homme noir.

— Assieds-toi ! ajoute András – et, tournant le dos à Saffie pour lui montrer qu'elle est chez elle, il reprend le fil de sa conversation avec l'autre, en anglais.

Ainsi, c'est aussi simple que cela. Malgré le landau, malgré le bébé, elle a le droit en venant ici de n'être que « Saffie ». Sa vie allemande n'existe plus, sa vie rive gauche non plus ; elle peut dire, faire, être n'importe quoi – elle est libre ! Ramassant un journal par terre, elle s'installe dans le fauteuil défoncé et fait mine de le lire, ne s'apercevant qu'au bout de dix minutes qu'il est en hongrois. Elle sourit pour elle seule. Les deux hommes jasent tranquillement près de l'établi. Pour autant qu'elle puisse en juger, l'anglais du luthier est plus approximatif encore que son français. Ils allument des cigarettes, les oublient dans des cendriers, essaient tour à tour une demi-douzaine de becs de saxophone. Emil se réveille et Saffie change sa couche, puis se rassied et attend sans impatience. Heureuse, tout simplement. Enfin l'Américain s'ébroue, se lève, reprend son instrument et se dirige d'un pas élastique vers la porte, suivi du Hongrois.

— *So long*, Saf, dit-il. *See you around, man*, ajoute-t-il, frappant le bras d'András d'un coup de poing léger et amical.

András referme la porte derrière lui. Retourne le carton sur la vitre. Tourne la clef dans la serrure.

— Cet homme est une génie du sax ténor, dit-il. Vous venez avec moi un jour, pour l'écouter ?

— Oui, répond Saffie. Sa voix grave est voilée, presque cassée par le désir. Je viendrai où vous voulez, András.

— Vous dites bien mon nom.

(« András » en hongrois est un nom fort, cinglant même, avec l'accent tonique sur la première syllabe, le *r* roulé sur le palais et non dans la gorge, le *s* prononcé *ch* ; notre « André » est bien insipide par comparaison.)

La main dans la main, la bouche dans la bouche, ils partent derrière la couverture rouge.

Il l'a entièrement dévêtue, comme elle l'avait désiré. Il s'est entièrement dévêtu, comme elle l'avait désiré. Il s'est allongé près d'elle sur le lit, le sexe bandé, et il a contemplé la blancheur de son corps. Ses doigts carrés ont frôlé sur toute sa longueur le rictus laissé par le scalpel, puis tracé, à la perpendiculaire, les points de suture. C'est comme s'il venait lui-même de dessiner, sur la peau du ventre de Saffie, ce fil de fer barbelé.

— C'est le bébé ? demande-t-il.

Saffie hoche la tête oui. Et murmure :

— Je ne peux pas avoir un autre.

On voit poindre les demi-soleils au coin des yeux d'András.

— Ah... dit-il. Voilà un problème de moins !

Se penchant sur elle, il prend un de ses bouts de sein entre ses lèvres, le taquine de sa langue et se met à le sucer fortement. Saffie ressent alors une chose inouïe – comme si un deuxième sang circulait en elle, comme si, subitement, elle était deux fois plus vivante – car des profondeurs de son corps cet homme a fait monter quelques gouttes de lait maternel, de ce lait dont, tranchantes, les puéricultrices de l'hôpital lui avaient dit qu'elle n'en aurait pas. András a senti sur sa langue le tiède liquide sucré et il l'a avalé. Il a bu à ses deux seins et maintenant, en se regardant l'un et l'autre, ils s'unissent.

Au milieu de leur amour, Emil se met à pleurer. Non pas à vagir comme la dernière fois, mais à pleurer. Il a trois mois et ses yeux sécrètent maintenant de vraies larmes. Un sanglot entraînant l'autre, il a vite le visage cramoisi, congestionné. Là-bas, derrière la couverture, sa mère nue se pâme sous les mains rudes du luthier, sous son corps massif, sous les coups lents et répétés de son sexe. Elle se cabre et s'arc-boute et se dissout. Pleure, elle aussi. Monte sur son amant, le visage baigné de larmes et de sueur. Fait tomber sur lui des gouttes d'eau salée, puis les lèche sur ses joues. András lui dit à l'oreille, en hongrois, des mots brefs et rauques qu'elle ne comprend pas mais qui la transportent. L'enfant hurle de rage impuissante.

Et l'homme qui ne peut pas la féconder, l'homme qui répandra sa semence sur une terre stérile, l'homme qu'elle aime et qu'elle aimera toujours, l'homme dont le poids et la force en elle, sur elle, la font presque délirer, se laisse aller enfin au naufrage avec un grand cri, puis un autre ; Saffie ne compte plus depuis longtemps les brisants qui la submergent.

C'est lui qui, le premier, se lève. C'est András qui va chercher le bébé, étranglé de sanglots, et revient le poser entre eux dans le lit. Emil, reconnaissant l'odeur de sa mère et se tournant vers elle, se calme aussitôt.

— Regarde, dit András, comme il aime sa maman.
Saffie pose une main sur la tête de l'enfant. Sa paume épouse la courbe douce de son crâne. Elle glisse ses doigts parmi les boucles noires, si semblables à celles de Raphaël. Les mots que vient de prononcer András ont provoqué un drôle de sursaut dans ses entrailles.

— Tu es beau, murmure-t-elle, à András.

— Non, dit András. C'est toi qui es beau !

Avril se mue en mai. Saffie plane dans un nuage d'amour, et son fils en recueille les bénéfices : lorsqu'elle manipule son corps pour l'habiller, le baigner, le nourrir, ses gestes sont plus attentifs et plus caressants qu'avant. Le petit être commence à lui faire confiance.

De passage à Paris, Raphaël se réjouit.

Leurs rapports nocturnes n'ont pas changé – dans les bras de son mari, Saffie est passive comme toujours – mais, se dit Raphaël, il ne faut pas demander l'impossible. C'est un mariage qui en vaut bien d'autres. Martin et Michelle, par exemple, se chamaillent sans cesse au sujet de l'argent... Alors que, regardez – ma femme, mon fils – comme ils ont l'air heureux !

De fait, elle est heureuse, Saffie. Elle a acheté au Bon Marché des jardinières pour les fenêtres du salon et des géraniums de couleurs différentes. En ce moment – Emil assis près d'elle sur le tapis, calé par des coussins de velours – elle se tient bras nus à la fenêtre et arrache doucement les feuilles mortes. Sent sur son front le vent délicat du printemps. Hume l'arôme des fleurs par elle plantées. Elle est présente à ses gestes – consciente de l'arc blanc que dessinent ses bras dans l'air, et de la sensation de ses doigts fouillant la verdure... c'est bien cela le bonheur, n'est-ce pas ? Si une autre définition existe, je ne la connais pas. Sa tête n'est plus ce placard noir, renfermant les épouvantes du passé, où nous avons séjourné ; elle est devenue un lieu vivable. Saffie peut embrasser le présent car chaque seconde de ce présent la conduit vers une nouvelle rencontre avec András. Et si elle est encore souvent la proie des insomnies, elle connaît aussi des heures de sommeil paisible.

Se réveillant le matin du 29 mai, jour où de Gaulle doit officiellement reprendre les rênes du pouvoir, Saffie est à nouveau étonnée de constater que l'interrupteur ne marche pas. Encore une grève à l'EDF ! Impossible d'allumer la flamme de la gazinière pour stériliser les biberons d'Emil. Bon, tant pis... À quatre mois, son fils peut bien avaler un peu de lait froid.

Elle se sent toute guillerette et gaie, car Raphaël est en Angleterre, et demain dimanche elle ira voir András avec Emil.

— N'est-ce pas, mon fils ? N'est-ce pas mon Emil à moi ? N'est-ce pas qu'on ira le voir ?

András leur a préparé une surprise : un sac à lanières de sa propre fabrication, qui doit permettre à Saffie de porter l'enfant sur son ventre.

— Mais pour quoi faire ?

— Mais parce que ! Aujourd'hui on voyage !

Et il lui montre, garé dans un coin de la cour près des W.-C. communaux, le vélo tandem qu'il vient de dégoter chez un brocanteur dans le onzième. Une vraie antiquité, tout en fer et en cuir noir. Un miracle.

— *András* !

Il monte devant, Saffie s'installe derrière avec le bébé... et ils démarrent. Comblé de se trouver ainsi pressé contre le corps de sa mère, bercé par les mouvements du vélo, Emil s'endort.

— Où va-t-on ?

— Aux puces !

András aime flâner au marché ouvert de Clignancourt ; souvent il y découvre des bidules adaptables aux besoins de son métier. Mais aujourd'hui l'expédition tourne court : boulevard Barbès, à mi-chemin de la porte de Clignancourt, ils sont bloqués par des groupes de gardes mobiles. Tout le quartier est ceinturé, les rues désertes, l'atmosphère de plomb.

Mettant pied à terre, András contemple la scène, le front plissé. Saffie voit les os de ses mâchoires qui travaillent : il grince des dents.

— Pourquoi... ?

Elle n'arrive même pas à formuler sa question. La simple vue des hommes en uniforme la tétanise.

— Quoi, pourquoi ? rétorque András, irrité. C'est l'Algérie. Tu lis pas les journals ?

Saffie garde le silence.

— Tu sais pas ? insiste András. *Il y a la guerre, Saffie.*

— Non...

Le mot lui échappe. C'est plus fort qu'elle. Il y a la guerre : *non*.

— Saffie. Tu vis dans un pays en guerre. La France, elle dépense cent milliards de francs par an pour faire la guerre à l'Algérie. *Tu sais où c'est, l'Algérie ?*

András crie presque. Emil sursaute dans son sommeil et se cramponne plus fortement à sa mère. Pâlissant, Saffie met les bras autour de son fils et baisse les yeux.

— C'est fini, la guerre, dit-elle d'une voix blanche.

— C'est pas fini la guerre ! crie András. Entre 1940 et 1944 la France se laisse enculer par l'Allemagne, elle a honte alors en 1946 elle commence la guerre à l'Indochine. En 1954 elle la perd, les Viets l'enculent, elle a honte alors trois mois après elle commence la guerre à l'Algérie. Tu sais pas ?

Saffie garde la tête baissée, berce son fils, ne répond pas.

Le silence entre eux devient pénible. Pour finir, András allume une gauloise en secouant la tête. Fait demi-tour avec le tandem. Pousse un soupir plein de fumée et de rage et se met à pédaler en direction du Marais.

Première sortie, un échec.

Ils ne ressortiront pas en tandem de tout l'été. Français et Algériens sont retrouvés égorgés, mutilés, en bouillie, leurs organes génitaux dans la bouche. Des bombes explosent dans différents quartiers de la ville. Des commissariats brûlent.

Furieuse de se voir ainsi agressée dans son joli corps, la capitale déploie pour se protéger toute la panoplie de ses forces de l'ordre. Les Algériens (et ceux qui ont le malheur de leur ressembler) sont contrôlés à tout bout de champ, harcelés, harassés, arrêtés pour un oui et pour un non, frappés, bousculés, injuriés, ramassés, raflés, entassés par centaines au gymnase Japy ou à l'ancien hôpital Beaujon – histoire de les faire sentir chez eux dans ce pays puisque, aussi bien, si seulement ils voulaient le comprendre, il est le leur.

Raphaël, en partance pour une tournée en Amérique du Sud, conseille à son épouse de ne pas trop s'éloigner de la maison. Au vu des soldats dont sont hérissés tous les carrefours du quartier, Saffie n'a aucun mal à obtempérer. Entre juin et septembre, elle n'amène Emil que deux fois à l'atelier du Marais, et chaque fois brièvement. Le reste du temps elle rêve, rêvasse, parle avec András dans sa tête, lui pose des questions et rit tout haut à ses réponses. Se tient nue devant la glace dans la chaleur de l'après-midi et, contemplant les yeux mi-clos le reflet de son corps, se caresse en imaginant que ses mains sont celles d'András. S'occupe de son bébé, soigne ses fleurs et son ménage.

Vers la mi-août, Emil apprend à se tenir assis. Saffie bat des mains, l'embrasse pour le féliciter, annonce la nouvelle avec fierté à Raphaël au téléphone.

Voyez, elle est dans la vie maintenant, Saffie. Elle ne traite plus son bébé comme un paquet. Provisoirement du moins, elle a rejoint la cohorte des parents adonnés au pouponnage. Elle suit avec une incrédulité extatique les prévisibles progrès de son rejeton – constatant par exemple qu'Emil sait rouler du ventre sur le dos et du dos sur le ventre, ou lever tout seul sa lourde tête et la suivre des yeux.

Elle est presque devenue une mère normale.

Demeurent anormales, en revanche, la gravité du regard d'Emil et la rareté de ses sourires. On dirait qu'il s'interroge sur quelque chose qu'à son âge il ne devrait pas avoir à comprendre.

10

Au début de l'automne le FLN et le MNA se calment, se rendant compte que la violence en métropole est mauvaise pour leur image. Du coup, la présence militaire dans les rues de Paris se fait plus discrète et, à la mi-septembre, Saffie peut enfin s'accorder une demi-journée entière dans le Marais.

Mais, arrivée rue du Roi-de-Sicile, même elle qui ne remarque jamais rien est bien obligée de remarquer quelque chose, car la foule sur la chaussée est tellement dense qu'elle a du mal à se frayer un chemin avec le landau d'Emil. Flottant près du sol : des milliers de plumes blanches. Coulant par terre : des rigoles de sang. Résonnant dans l'air, absurde et angoissant : l'innombrable piaillement de poulets... Saffie sent la peur s'insinuer dans ses intestins. Elle sue, se crispe et commence à pousser le landau avec brutalité, s'attirant les injures de femmes vêtues de noir. C'est au bord de la crise de nerfs qu'elle franchit enfin la porte cochère du luthier.

Par bonheur, András se trouve seul. Il la prend dans ses bras, lui scrute le visage : qu'a-t-elle ?

— Qu'est-ce qui se passe, dehors ? demande-t-elle en couinant presque.

— Oh ! dit András, rassuré. C'est rien. C'est la fête !

— J'ai pensé que... je... avec le landau... C'était affreux... Quelle fête ? Pourquoi on tue les poulets sur le trottoir ?

— Yom Kippour. Le jour du Grand Pardon.

— Je ne connais pas. Une fête française ?

Ébahi, András la regarde. Un long moment.

— Saffie, dit-il. Tu sais pas ?

Elle hoche la tête. Non, elle ne sait pas.

Alors, le visage d'András se durcit. Il s'empare de son bras et, laissant Emil seul dans l'atelier, l'entraîne dehors. Se met à avancer dans la rue avec elle à grands pas, si vite qu'elle a du mal à rester à sa hauteur ; elle trébuche et glisse sur des immondices, ses chaussures se couvrent de plumes, d'entrailles, de sang de poulet. Il la traîne dans toute la longueur de la rue des Écouffes, où le tumulte est plus effroyable encore : puanteur, cris rauques, rires abrupts, appels opaques, c'est un cauchemar, elle a mal, mal, la prise des doigts d'András sur son bras est une tenaille, elle voudrait se boucher les yeux, les oreilles, les narines, pourquoi son amant lui impose-t-il ce supplice ?

Ils débouchent rue des Rosiers. Et là, relâchant enfin son bras, András lui siffle avec lenteur et véhémence :

— *Saffie, regarde ! Regarde ! Regarde, Saffie !*

Il ne dit rien de plus. Mais attend.

Avec réticence, avec incertitude, la jeune femme se met enfin à déchiffrer la réalité qui s'étale devant ses yeux. Devantures bleues et rouges et vertes de la rue des Rosiers. Calligraphies insolites, candélabres, étoiles, symboles-épines... et, oui, les calottes brodées sur la tête des jeunes garçons... et les femmes portant perruque... et les papillotes sur les tempes des hommes adultes... leurs barbes, leurs caftans, leurs chapeaux à large bord...

Elle a un malaise. Ne peut ni parler ni respirer. N'ose regarder András. La terre est en train de se dérober sous ses pieds.

András lui met un bras autour des épaules et ils se remettent à marcher, plus lentement que tout à l'heure. Achèvent le tour du pâté de maisons. Regagnent la rue du Roi-de-Sicile par la rue du Ferdinand-Duval, autrefois la rue des Juifs.

C'est fini. András a refermé derrière eux la porte vitrée. Emil s'est réveillé mais ne pleure pas.

— Ce sont...

Saffie n'a jamais prononcé ce mot en français. Elle l'a seulement entendu, à d'innombrables reprises, dans la bouche de M. Ferrat ou plutôt de Julien pendant l'été 1952, au cours de ses impitoyables leçons d'amour et d'histoire. Elle le prononce maintenant.

— ... des juifs ?

András ne répond pas, il sifflote. Il s'est considérablement détendu. Sifflotant, il va dans le coin cuisine et met de l'eau à chauffer pour le thé. L'horloge loufoque tictaque. De plus en plus faible, Saffie se laisse échouer sur une chaise et attend que la pièce arrête de tourner autour d'elle. Quand elle parle à nouveau, sa voix est à peine audible.

— Mais... toi... toi... tu es juif, aussi ?

András part d'un grand rire. Il se tourne vers elle en riant, les traits lumineux, empreints à la fois d'affection et de sarcasme. Voyant Saffie rougir de confusion, il met fin à son rire en s'éclaircissant la gorge.

— Maintenant, Saffie, dit-il, quand les Allemands demandent aux juifs s'ils sont juifs, les juifs veulent d'abord savoir pourquoi les Allemands posent la question.

Silence. Puis :

— Saffie...

Temps.

— Tu es juif ? Toi ? répète-t-elle, d'une voix un peu plus assurée.

Il la voit étudier son visage, puis avoir honte d'étudier son visage, puis l'étudier à nouveau, comme le visage dont elle est amoureuse.

— Tu es juif, toi ? dit-elle, pour la troisième fois. Et tu m'aimes, moi ?

András hoche la tête, une fois seulement.

— Je t'ai rien caché, dit-il.

Saffie sourit, gagnée peu à peu par une euphorie étrange. Sa voix retrouve son timbre grave, sa plénitude.

— Moi non plus, dit-elle, je ne t'ai rien caché... Je ne t'ai pas dit que j'étais une vierge.

— C'est parce que ça se voyait.

— Quoi ?

— Que tu étais une vierge.

Ils s'approchent l'un de l'autre. S'étreignent. S'embrassent avec une neuve férocité. Partent derrière la couverture rouge en chancelant, oubliant l'eau qui frémit déjà sur la flamme. Quand ils reviennent dans l'atelier, l'eau s'est évaporée et le fond de la casserole a commencé à brûler.

— Et tu n'as rien vu... Saffie, tu me rends déçu. T'es pas observante. Ne pas regarder dans les rues, ne pas lire les journals, c'est pas bien, mais je peux accepter. Mais *ça !* (Feignant l'indignation, il pose une main sur son sexe.) C'est pas pareil ! Mon zob à moi, *à moi*, si beau, qui t'adore tellement ! Tu as pu le penser comme un zob de goy ! Ah ! non, je suis fâché... Qu'est-ce que je peux faire pour te punir ? Je sais pas qu'est-ce que tu mérites pour être si... pas observante.

— C'est parce que je ne le regarde pas avec les yeux, dit Saffie, venant près d'András et serrant d'une main le beau paquet de chair... Je le regarde avec tout, tout, tout, sauf les yeux. Alors, pardonne-moi. À genoux je te demande.

Se mettant à genoux près de sa chaise, elle lui embrasse les pieds.

— Pardon... C'est le jour du Grand Pardon, non ?

Le rire d'András claque comme un fouet.

— Tu... tu es croyant ? demande Saffie un peu plus tard, tenant Emil dans le creux de son bras gauche et lui donnant à manger des cuillerées de banane écrasée.

— Non, répond András. Non, personne dans ma famille. Ça fait longtemps. On allait pas au synagogue. Dieu n'existe pas et nous sommes Son peuple... comment ça s'appelle ? Son peuple choisi. Un vieux blague. Très vieux.

Peu à peu, à mesure que les semaines de l'automne s'écoulent, les amants échangent des bribes de leur passé. Des bribes seulement. Dans le désordre. Paroles perlées. Marchant avec précaution sur le terrain miné de leurs souvenirs. Chacun redoutant d'entendre de l'autre une phrase qui serait fatale à leur amour.

Saffie apprend qu'András est arrivé à Paris il y a deux ans à peine. Il y avait eu une révolution en Hongrie à l'automne 1956 : les gens se battaient pour avoir un régime plus libre, indépendant de Moscou. La liesse populaire n'avait duré que douze jours, puis les chars soviétiques étaient venus.

— Ma mère elle a dit vas-y, pars, la frontière est ouverte aujourd'hui et peut-être demain fermée, va ! pars ! Va à la France !

— Et elle ?

— Elle, non. Elle veut rester à la maison avec ses souvenirs, pas mettre un grand sac à dos et courir et sauter sur les trains et se cacher.

Il était parti avec son meilleur ami Joseph mais celui-ci, ébloui par les vitrines clinquantes de Vienne, avait choisi de rester en Autriche. András qui ne supportait pas d'entendre la langue allemande avait poussé jusqu'en France, n'emportant que sa vieille gabardine et un grand sac où il avait serré les outils de son métier.

Les semaines de trouille et de faim et de froid, la chiasse, les champs glacés, l'attente, les nuits interminables, les Alpes inhospitalières, les dizaines de rencontres, flics, gardes frontière, aubergistes, et partout les faux papiers, les faux-semblants, la méfiance et le mensonge... tout cela se résumait maintenant en trois mots, trois noms de pays :

— Autriche, Suisse, France. Ma mère a une cousine à Besançon qui me donne des sous pour commencer.

— Pourquoi ta mère voulait que tu t'en vas ? demande Saffie.

— Parce que, dans la Hongrie, on sait que ça peut recommencer comme avant, pour les juifs. C'est un pays very ultra super catholique... Tu es catholique, toi ?

— Non, dit Saffie. Oui, dit Saffie. Avant. Maintenant, je ne sais pas. Rien, je crois.

András apprend que la mère de Saffie, une nuit, pour détourner son attention des bombardements, lui avait décrit par le menu ses habits de future première communiante : robe de satin blanc, voile blanc en taffetas, couronne de fleurs blanches dans les cheveux... Mais cela ne s'était jamais fait.

— Elle vit toujours ?

— Non. La tienne ?

— Oui... à Budapest.

La fois suivante :

— Pourquoi Paris ? demande Saffie.

— Oh ! Paris, c'était le rêve de ma mère... La Ville Lumière dans le pays des Lumières... Il est sombre et triste, Paris. Et sale. Très dégueulasse. Non ?

— Oui. Très dégueulasse.

Ils rient.

— Toi ? demande András. Pourquoi Paris ?

— Mon professeur, quand j'étais au lycée, à Tegel. Il disait la France c'est le pays de la liberté.

— Ha !

La fois suivante :
— Et ton père, murmure Saffie, il est mort...
— Oui. Avec mon oncle.
— ... Les Allemands ?
Une fraction de seconde, András hésite. Doit-il le lui dire ? Ses quatre grands-parents, oui. Treize de leurs enfants et petits-enfants, oui. Les nazis avaient commencé tard en Hongrie mais il n'est jamais trop tard pour bien faire : à partir de mai 1944 les juifs de province, autochtones et réfugiés confondus, avaient été enfermés dans des ghettos et pendant l'été (Paris déjà libéré !), tous étaient partis à la boucherie. Quatre cent mille. Plus cent mille Tziganes. Eichmann avait vidé la Hongrie... mais il s'était arrêté à Budapest au mois d'août, car l'Armée rouge venait de franchir la frontière. Et puis, à l'automne, coup d'État des Croix fléchées, fascistes bien de chez nous, et là : plus de quartier, terreur totale, terminé pour les deux cent mille juifs qui se terraient encore dans le ghetto de la capitale.
Faut-il le lui dire ? Après tout, se dit András, je pourrais m'inventer une autre biographie. Les compatriotes de Saffie n'auraient pas gazé les miens. Je n'aurais jamais eu de tantes ni d'oncles ni de grands-parents, chacun avec sa forme du nez, sa courbe du cou, sa couleur des yeux, ses rides de rire, les balles dans la nuque, le visage broyé sous des bottes... Je ne serais même pas d'origine hongroise, je ne m'appellerais pas András... Pourquoi lui dire ces choses-là plutôt que d'autres ? Sous prétexte qu'elles sont vraies ? En quoi, au fond, cette vérité la concerne-t-elle ? De *quelles* vérités se doit-on d'être au courant, et lesquelles peut-on se permettre d'ignorer ? Puis-je me foutre de ce qui s'est passé ce matin mais à l'autre bout du monde – ou alors ici même, mais en l'an mille ? Saffie connaît-elle

seulement le mot de Hiroshima ? *De quoi*, se demande András, toujours dans la même fraction de seconde, *a-t-on le droit de se foutre ?*

— Non, dit-il, d'une voix lente et amère. C'est pas les Allemands qui tuaient mon père. J'en veux pas aux Allemands. J'en veux à tout le monde.

Il ne lui raconte donc que cela : l'histoire des deux frères, son père et son oncle, arrêtés fin décembre alors qu'ils s'étaient risqués dehors à la recherche de vivres. L'encerclement de la ville par les Soviétiques rendant impossible la déportation, les Croix fléchées avaient mis au point une technique d'extermination bien à eux : ils attachaient les juifs ensemble par les poignets, deux à deux, et les conduisaient jusqu'au bord du Danube. Une seule balle par paire. Économie de munitions. Le corps mort entraînait dans l'eau le corps vivant.

András n'a jamais su qui, de son père ou de son oncle, avait reçu la balle.

— Et toi ? dit Saffie au bout d'un long moment. Toi et ta mère ?

Ils doivent la vie à un concierge communiste qui les a cachés derrière un tas de charbon, dans la cave d'une maison aryenne – certifiée aryenne, portant la plaque de garantie aryenne – alors que la ville de Budapest était pulvérisée par la collision des deux monstres, la Wehrmacht et l'Armée rouge...

— Comme Berlin entre les Américains et les Russes, dit Saffie.

András ne dit rien.

— Tu avais quel âge ? poursuit Saffie.

— Dix-sept.

— Alors... seulement trente maintenant ?

— Trente, oui.

— Je pensais plus. Trente-cinq au moins.

— Oui je sais.

Un autre jour :

— Et toi... ton père est mort comment ?

— Le cerveau, une attaque... Il y a trois ans.

— Tu étais triste ?

— Je ne sais pas...

András ne pose pas d'autre question sur le père de Saffie.

— Et ta mère... morte comment ?

Long silence. Presque un mois avant que Saffie lui réponde.

Ils vivent hors du monde, et cela aiguise leur perception du monde. De semaine en semaine, les yeux de Saffie se dessillent.

« Regarde, Emil ! »

Emil s'assied maintenant tout droit dans son landau. À l'âge de dix mois et demi, voulant attraper des pigeons de la place des Vosges, il fait ses premiers pas. Saffie et András l'applaudissent. Les passants les prennent pour un couple normal, en promenade avec leur fils. Mais ils sont anormaux : anormalement libres et heureux. Ils contemplent avec un détachement amusé les pauvres Français qui traversent le jardin d'un pas pressé, sans lever la tête pour admirer les teintes des feuilles en camaïeu de rouille.

Rien ne presse. Ils baignent dans leur temps, ensemble. András n'a pas d'horaire ; il peut travailler la nuit quand il le faut, et dormir le jour. Saffie, dès qu'elle traverse le pont des Arts, n'est plus Mme Lepage, l'épouse du grand flûtiste (rôle qu'elle endosse avec soumission et même une certaine grâce désormais, lors des concerts de gala et des dîners en ville avec Raphaël) ; elle entre, toute, dans l'univers de son amour.

Ils sortent souvent, longuement, et se promènent dans Paris. Même sous la pluie ils marchent, discutent, s'arrêtent, se taisent, et marchent encore. Ils ont une préférence pour le nord et l'est de la ville : le faubourg Saint-Antoine, le cimetière du Père-Lachaise, Belleville... Instinctivement, ils évitent le quartier de Saint-Lazare et toute la rive gauche, associés à Raphaël. Quand il fait beau ils vont en tandem aux Buttes-Chaumont, Emil blotti contre les seins de Saffie dans son sac à lanières. Parfois, prenant les transports en commun, ils poussent jusqu'aux portes de la ville, pays bizarre de hautes constructions et de terrains vagues, de rues défoncées et de vaste ciel. Ils se tiennent là sans rien faire, à s'imprégner de l'élan pathétique des cheminées d'usine, des trains qui passent, de l'épaisse vapeur qui se couche.

Mais le plus souvent ils se contentent de marcher en poussant le landau. Leur amour fait reluire les pavés de la ville, met chaque objet à sa place, donne un glacis de perfection même aux murs lépreux et aux cours insalubres du vieux Marais.

Un jour de novembre au Père-Lachaise, alors qu'ils sont assis côte à côte sur une pierre tombale à contempler les toits de Ménilmontant, la douce brillance de leur ardoise dans la brume – elle le lui dit, pour sa mère.

Il suffit de peu de mots. On peut les prononcer, si l'autre est là pour entendre. András est là.

Elle a vu, Saffie. Elle a tout vu. Elle était à la cuisine avec sa mère qui repassait. Pas un fer électrique, un vieux fer en fonte qu'elle faisait chauffer sur la cuisinière à charbon. À mesure que sa mère les repassait, Saffie pliait les habits, jupons et chemisettes de ses frères et sœurs. Elle était l'aînée. À part son frère aîné qui, lui, n'était pas à la maison.

— Qui était où ?

— Je ne sais pas exactement. Il avait trois ans de plus que moi. Onze ans.

— Hitlerjugend ? demande András d'une voix neutre, les yeux braqués sur les toits luisants de Ménilmontant.

— Oui, dit Saffie. Bien sûr. À partir de dix ans c'était obligé. Alors il n'était pas à la maison et j'étais la plus grande, à huit ans. Et puis les Russes arrivent. Ma mère et moi on entend leurs bottes sur la porte. Ma mère pose le fer sur le poêle. Elle court pour mettre les petits à l'abri. Les cacher. Je ne sais pas où... Ils sont quatre, les Russes, avec des fusils, et ils crient fort, tous à la fois. Je ne comprends pas ce qu'ils disent. Ils attrapent ma mère et la jettent par terre, là, dans la cuisine, devant moi. Ils prennent le fer brûlant et le pressent... là, sur sa poitrine. Ils sont deux, sur elle. Elle ne crie pas. Elle serre les dents pour que les petits n'entendent pas...

Saffie se lève, va vérifier qu'Emil dort dans son landau, vient se rasseoir près d'András sur la pierre tombale. Elle a les yeux secs.

András demande :

— Ils l'ont... ?

— Oui.

— Et toi, aussi ?

— Oui.

— Et ils l'ont tuée, après ?

— Non. Non. Elle se tue toute seule. En novembre, comme maintenant. Parce que ça se voit qu'elle va avoir un bébé, et mon père il est revenu en septembre seulement.

András, se penchant en avant, les coudes sur les genoux, se couvre le visage des deux mains.

— Elle se tue ?

— Oui. Après les Russes, elle n'est plus pareille. Elle est comme... une femme en pierre. Elle ne chante plus, elle ne parle presque pas, la nuit on l'entend pleurer...

C'est le petit Peter qui la trouve. Il est juste un peu plus grand qu'Emil maintenant. Il va dans la cuisine, tu sais, comme ça, sur les mains et les genoux, et il la trouve... Il croit que c'est pour jouer qu'elle fait ça. Il essaie de se mettre debout, pour attraper ses pieds dans l'air...

Plusieurs minutes s'écoulent, longues et grises, dans le silence. Saffie constate qu'elle respire encore, qu'elle prend la bruine parisienne dans ses poumons.

— Beaucoup de gens, reprend-elle enfin à voix basse. Pas seulement ma mère. Dans le quartier... au moins cinq ou six que je connais. Ils ouvrent le gaz, ou ils se pendent, ou ils prennent du poison... Après, la voisine vient s'occuper de nous. Frau Silber, la mère de mon amie Lotte qui est morte. Son mari il est mort aussi, sur le front. Mais... je ne sais pas... Ma mère a dû lui parler des Russes... Elle... Frau Silber... elle est dure avec moi. Elle me frappe avec sa ceinture... sur le dos, sur le visage... Elle a peur, je crois... parce que ça... s'est passé, alors... elle a peur que je suis mauvaise... Elle me sépare des petits, surtout mes sœurs...

— Et elles sont où maintenant, tes sœurs ? dit András.

— Je ne sais pas. C'est fini. Je ne sais pas.

À nouveau elle respire, profondément, l'air gris et humide de la ville de Paris. Elle est là.

— Toi ? dit-elle. Des frères et sœurs ?

— Non, dit András. Le seul enfant.

— Elle doit être triste, ta mère ?

— Oui. Je pense.

Plus tard, dans la bonne chaleur de l'atelier, penchée sur le landau, Saffie change les langes d'Emil. András se tient près d'elle et la regarde essuyer les fesses du bébé, lui souffler sur le ventre pour le faire rire. Il observe les minuscules organes de l'enfant et, peu à peu, son visage prend un air lointain et dur. Sentant ce changement, Saffie lève les yeux vers lui.

— Ma mère, dit András, quand je suis parti, elle m'a dit de pas... si j'avais un fils, de pas le... lui... le... faire couper.

— Elle a dit ça ? Pourquoi ?

— Pour... si ça recommence. Qu'on peut pas le reconnaître. Tu sais comme on dit ? Ça vaut mieux un juif sans barbe qu'un barbe sans juif.

Saffie rit, émue. Baisse les yeux. Embrasse encore le ventre de son fils. Et lui dit dans un murmure :

— Tu entends, Emil ? Tu entends ce qu'il dit, ton père ? On va te laisser *comme ça* ! D'accord ?

Et elle pose un doigt blagueur sur son prépuce.

Noël approche.

Le 21 décembre, de Gaulle est réélu à une forte majorité : soixante mille sur quatre-vingt mille grands électeurs (ce n'est pas encore le suffrage universel) votent pour celui qui jure de remettre de l'ordre dans la situation algérienne.

Comme il l'avait promis l'année d'avant pendant la grossesse de Saffie, Raphaël a acheté un sapin et ressorti des placards les boules, guirlandes et figurines de son enfance.

Sa mère refuse toujours de rencontrer l'intruse. (Elle a fait encadrer les photos de son petit-fils, déchiré et jeté au feu celles où figurait sa bru.) C'est dommage, se dit Raphaël, c'est même affligeant mais tant pis. Les Lepage de la rue de Seine sont dorénavant une famille à part entière, ils fêteront Noël entre eux.

Saffie achète des ingrédients de pâtisserie et passe deux longs après-midi vêtue d'un tablier enfariné à confectionner des Lebkuchen et des Stollen comme elle se souvient d'avoir vu faire sa mère. Elle les décore avec du sucre glace, des amandes effilées, des fruits confits. Ensuite, empruntant à Mlle Blanche une recette d'*Elle,* elle se lance dans la préparation d'une dinde flambée au Cointreau.

La soirée est réussie. Saffie n'a aucun mal à entretenir la conversation : douce et docile, elle commente les potins du monde musical que lui raconte Raphaël et rit à chacune de ses plaisanteries. Emil, trônant dans sa nouvelle chaise haute, est sage et étonnamment immobile d'un bout à l'autre du repas, comme hypnotisé par les chandelles.

L'après-midi de Noël, se félicitant des changements survenus en son épouse depuis un an, Raphaël part jouer avec son orchestre au Théâtre des Champs-Élysées. Et Saffie part rejoindre son amant.

András a fabriqué un mobile pour Emil avec des morceaux de flûte et de saxophone dont il n'a plus l'usage. Il l'a accroché au plafond, au-dessus de l'endroit près du poêle où stationne le landau. En tirant sur une ficelle, Emil peut faire tinter et sautiller les clefs et les tiges brillantes. Il rigole, gigote de joie et recommence : or, argent, rythme, reflet, musique.

Ils sont sur le canapé, le vieux canapé-lit dont on sent et entend les ressorts à chaque mouvement. Saffie est allongée, la tête sur les genoux d'András, et ils écoutent un 45 tours qu'on vient de leur offrir : du Schubert jazzifié par le flûtiste Hubert Laws.

Elle ferme les yeux. Du bout de son index, András se met à dessiner son profil, commençant sur le front, à la naissance des cheveux, puis descendant délicatement entre les sourcils, suivant la fine crête du nez et se glissant dans la fossette entre la racine du nez et les lèvres.

— C'est ici, dit-il, que l'ange pose un doigt sur les lèvres du bébé, juste avant la naissance – *Chut !* – et l'enfant oublie tout. Tout ce qu'il a appris là-bas, avant, en paradis. Comme ça, il vient au monde innocent...

Les paupières de Saffie s'ouvrent paresseusement, elle veut vérifier l'empreinte de l'ange sur le visage de son amant mais son regard est aspiré par la bleue lumière dansante des yeux qui l'étudient.

— Sinon, poursuit András en riant, *qui* veut naître ? *Qui* accepte d'entrer dans cette merde ? Ha ! Personne ! On a besoin de l'ange !

— Et ça s'arrête quand, l'innocence ? demande Saffie d'une voix rêveuse, remuant à peine les lèvres sur lesquelles le doigt d'András est encore posé. Toi, tu es innocent ?

András ne répond pas. Son doigt descend encore, frôlant, sous la lèvre inférieure de Saffie, le creux juste avant le menton, s'y attardant un instant, puis esquissant la courbe du menton lui-même, la belle ligne droite au-dessous, la naissance du cou et le renflement minime de la pomme d'Adam, pour plonger enfin au ralenti dans la grotte intime et sensuelle entre les clavicules.

— Tu sais, dit-il, alors que la musique de Laws a pris fin et que la platine tourne encore, son diamant raclant les sillons vides, quand je t'ai vue la première fois... Je savais une chose sur toi.

— Ah ? Tu savais qui j'étais ?

— Non... Pas ça... Mais je t'ai vue et je comprenais : ah. Voilà une femme, je me dis, qui... qui sait pas la nostalgie.

— Qui ne sait pas la nostalgie ?

— Tu sais... quand tu es ici et pas ici. Tu te lèves dans la nuit, tu bois une verre dans ta cuisine à Paris et soudain, tu penses à une autre nuit, avant, quand tu vivais dans ton pays. Je sais pas, une musique, ou... une main sur tes cheveux, ou un arbre par exemple, ton arbre préféré. Tout ça c'est loin, c'est dans une autre vie, et toi tu es ici dans ta cuisine. Tu ouvres la fenêtre, il y a le ciel de Paris, l'odeur de Paris, mais toi tu es dans l'autre nuit, l'autre ville, et... mais... ta vie... Tu comprends pas.

Les sourcils froncés, Saffie le regarde et hoche la tête non.

— Tu vois ? dit András. J'avais raison.

11

Dans chaque histoire d'amour fou il y a un tournant ; cela peut venir plus ou moins vite mais en général cela vient assez vite ; la plupart des couples ratent le tournant, dérapent, font un tonneau et vont s'écrabouiller contre le mur, les quatre roues en l'air.

La raison en est simple : contrairement à ce qu'on avait cru pendant les premières heures, les premiers jours, tout au plus les premiers mois de l'enchantement, l'autre ne vous a pas métamorphosé. Le mur contre lequel on s'écrase après le tournant, c'est le mur de soi. Soi-même : aussi méchant, mesquin et médiocre qu'auparavant. La guérison magique n'a pas eu lieu. Les plaies sont toujours là, les cauchemars recommencent. Et l'on en veut à l'autre de ce qu'on n'ait *pas* été refait à neuf ; de ce que l'amour n'ait *pas* résolu tous les problèmes de l'existence ; de ce que l'on ne se trouve *pas*, en fin de compte, au Paradis, mais bel et bien, comme d'habitude, sur Terre.

Entre Saffie et András le tournant n'est marqué par aucun incident particulier. Il se produit de façon insensible : au cours de l'hiver 1958-1959, chacun sent se réveiller et remuer dans la grotte de son âme, tel un ours au printemps, son vieux démon. Son vieux dragon, qu'il avait cru terrassé par la lame pure et brillante de l'amour de l'autre.

Eh ! non. Elle vit encore, l'affreuse bête.

Ce matin, matin de janvier, il pleut trop fort pour qu'ils puissent sortir se promener. Grosses bourrasques.

Debout sur une chaise près du mur vitré, Emil étudie – avec une concentration presque inquiétante chez un être si petit – les motifs dessinés par le ruissellement de la pluie sur le verre. Une partie du plafond est en verre aussi et il lève les yeux, écoute le tapotement dense et irrégulier des gouttes, cherche à comprendre cette chose dramatique qui se passe, et qui passe, sans lui faire de mal.

À la radio Doris Day chante *Qué sera, sera*, toujours au hit-parade plus de deux ans après sa sortie. András sifflote l'air tout en démontant le mécanisme d'un hautbois. Et Saffie, lovée dans le vieux fauteuil en cuir qu'elle a récemment rabiboché avec du ruban adhésif noir, boit du thé en le regardant travailler. Les mains d'András, qui pensent toutes seules, attrapent le bon outil, tournent, tordent, tapent et graissent, palpant la peau brillante de l'instrument à la recherche d'une bosse.

Elle ne comprend pas.

C'est ça, peut-être, le premier signe avant-coureur du tournant dans leur amour : ce matin-là, Saffie ne comprend pas le soin calme avec lequel András saisit les vis, les chevilles et les ressorts, prépare la gomme-laque pour fixer le cuir, taille les petits disques en étoffe de laine – son moindre geste si attentif et si précis – mais comment faire pour –

Oui : de nouveau, dans la tête de Saffie, des phrases qui ne s'achèvent pas.

Afin que la musique immatérielle puisse prendre son envol les mains doivent se salir, mais comment faire pour –

Le tampon s'ajuste, il entre exactement dans la clef, András tapote, appuie et reprend son outil – oh cette méticulosité, cette amoureuse exactitude, tout cela pour que la musique – pour qu'un son – pour qu'une note, un jour, puisse onduler un instant dans l'air – ce soin extrême, cet amour passionné du détail, du détail minime qui fera que la note, dans l'air –

« *Whatever will be will be* », brame la voix sans charme de Doris Day, et András, absorbé par son travail, fredonne à l'unisson : « *The future's not ours to see, qué sera, sera, what will be will be.* »

Le lendemain, jour de première communion, c'est la place du village. Vite on enlève les petits corps en robes blanches pleines de sang. Reste un grand espace vide, avec partout des gravats et du verre brisé. Pulvérisée, la petite église. Éventrée, l'école de Saffie et de ses frères et sœurs. En flammes, les missels et les bancs, les livres et les tableaux noirs. Tordus et fondus, les tuyaux de l'orgue – et pourtant, se dit Saffie, un homme avait fabriqué cet instrument-là aussi, avec le même soin qu'András, il avait appris le métier de facteur d'orgues et porté une attention maniaque aux tuyaux et aux claviers, aux jeux et aux pédales – pour que la musique – pour que la musique – pour que les notes de musique – dans l'air... Alors *pourquoi ?* Comment *peux-tu*, András, te pencher ainsi calmement sur un instrument, et tapoter en fredonnant ?

« *When I was just a little girl, I asked my mother, what lies ahead ?* »

Fracas rafale fracas rafale, les tuyaux de l'orgue tordus fondus – les piles soigneuses de foin et de bois consumées en quelques minutes craquantes et puantes – les flammes lèchent encore les remises et les granges

– le ciel bleu s'étrangle de gris et le seul air à respirer est de la cendre.

Depuis les salons des maisons les arbres sont soudainement, grotesquement visibles : on lève les yeux – pas de plafond – des arbres.

Saffie traverse en courant la place du village jonchée de gravats, le verre brisé crisse sous ses pieds, bientôt les autres enfants s'élanceront eux aussi pour collectionner des éclats de shrapnel – et demain, dans l'eau des cratères creusés par les bombes, ils pourront attraper des têtards.

Il ne faut pas, András, s'occuper si passionnément des choses, il ne faut pas s'y attacher, y attacher de l'importance, il ne faut pas vouloir très fort, András, András... Saffie est figée dans un abîme d'absence, et quand Emil, étourdi par la pluie sur la verrière, perd l'équilibre et tombe de sa chaise, elle réagit à ses hurlements avec une lenteur de somnambule. C'est András qui se précipite pour ramasser l'enfant, qui va s'asseoir avec lui dans la nouvelle chaise à bascule et se balance avec lui en chantonnant : « *I asked my sweetheart, Will there be rainbows...* »

Se secouant, Saffie vient près d'eux. Se penche sur son fils, mais garde le silence.

— Pourquoi tu chantes pas ? lui demande András un peu plus tard, quand Emil s'est apaisé.

Saffie rougit comme s'il venait de l'accuser d'un crime – et que, de plus, elle était coupable.

— P... pardon ?

— Pourquoi tu chantes pas ?

Il ne la regarde même pas, il frotte la tête bouclée du garçonnet là où elle a heurté le rebord d'une étagère.

— Je... bégaie Saffie, je... ne connais pas les paroles.

— Non, je veux dire... n'importe quoi ! Tu peux chanter à Emil.

— Mais...

À nouveau, Saffie a l'impression qu'on l'attaque et qu'elle doit se défendre ; elle s'accroche au premier argument venu :

— C'est un enfant français ! Tu vois ? Je ne connais pas les paroles des chansons, en français.

András fronce fortement les sourcils et ne répond pas ; il continue de bercer Emil en fredonnant avec Doris Day jusqu'à la fin de la chanson.

— Tu es fou ? dit-il alors, mais gentiment. Tu peux chanter ce que tu veux ! Tu es sa *mère*, Saffie. Il t'*aime* ! Tu as le droit, en allemand.

— Non ! dit Saffie, de plus en plus agitée. Je chante faux.

András bondit.

— Tu es fou ! dit-il, moins gentiment cette fois. Un bébé il s'en fout de ça. C'est la voix de sa mère, c'est tout. C'est *ta* voix, Saffie. Donc c'est belle, pour lui.

Depuis longtemps, depuis son échec à l'école des hôtesses d'accueil de Düsseldorf, Saffie n'a éprouvé pareille tension. Elle regarde sa montre.

— Je dois partir, dit-elle. Viens, Emil ! Je mets ton manteau, on s'en va... Dis au revoir à András.

András ne fait rien pour les retenir. Ne se lève pas pour les accompagner jusqu'à la porte cochère. Les laisse partir et se remet à siffloter *Qué sera*, alors qu'à la radio c'est déjà l'heure du journal.

Voilà.

Ils sont en plein tournant.

Raphaël se trouve être à la maison ce jour-là et, le soir, pendant que Saffie donne son bain à Emil, il entre dans la salle de bains avec son appareil photo.

— C'est tellement beau, Saffie ! dit-il en les mitraillant de flashs. Je voudrais que cet instant soit éternel. Qu'Emil soit toujours petit, et que tu lui donnes toujours le bain. Je ne sais pas pourquoi c'est si beau, c'est comme l'image d'un paradis perdu. Tu sais ce qu'il dit, Freud ? Il dit qu'aucun amour humain n'est aussi pur, aussi dénué d'ambivalence, que celui qu'éprouve une mère pour son enfant mâle.

Raphaël se souvient que son père avait un jour cité cette phrase à sa mère, pour la taquiner de la passion démesurée dont elle témoignait pour son fils.

— Dénué ? répète Saffie à mi-voix, car ce mot lui est inconnu.

— Ce doit être pour ça que tous les musées d'Europe regorgent de *Madone à l'enfant*. Je ne l'avais pas compris jusque-là, mais ça tombe sous le sens : chaque homme se reconnaît dans l'Enfant Jésus et chaque femme dans la Vierge Marie !

— Oui, dit Saffie, absente.

À cet instant Emil, se penchant en avant dans la baignoire, attrape une mèche des cheveux de Saffie et dit clairement :

— Ma-ma.

— Tu vois ? jubile Raphaël. Qu'est-ce que je te disais ? Mais oui, mon fils ! *Ma-ma*. Parfaitement ! *Mama !*

— Ma-ma, répète Emil d'un air grave, plongeant ses yeux dans les yeux vert jade de sa mère et tirant doucement sur la mèche de ses cheveux.

Saffie le regarde, transie. Puis, croisant les bras sur le rebord de la baignoire, elle pose la tête sur les bras et se met à sangloter sans bruit. Emil tape dans l'eau avec le plat de sa main, les éclaboussant tous deux et répétant : « Ma-ma ! Ma-ma ! » d'un air ravi.

Raphaël est sans voix. Lui qui se plaignait de n'avoir jamais vu Saffie pleurer : on dirait qu'un énorme nuage noir vient de crever dans son âme, lâchant par ses yeux des trombes d'eau. Un instant, se souvenant des mois glauques et lugubres de sa grossesse, il a peur. Va-t-elle se perdre à nouveau ? Mon Dieu non... À moins que...

— Larmes de bonheur ? demande-t-il, tout bas.

Elle hoche la tête en sanglotant de plus belle.

Bouleversé, Raphaël la fait se lever et la prend dans ses bras, l'écrase contre lui.

— Tu es trempée de la tête aux pieds, mon amour ! dit-il avec tendresse. Entre tes larmes et l'eau du bain... !

Le surlendemain, la pluie a cessé et un dur froid métallique s'est emparé de la ville. Saffie retourne chez András avec un sentiment non de désir, pas même d'amour – un sentiment d'urgence.

— On se promène ? Je veux te parler.

András attrape son manteau (la même gabardine grise, chaude et inusable qu'il avait sur le dos quand il a fui la Hongrie) et ils se mettent en marche.

Rue Mahler. Rue des Francs-Bourgeois. Toute la longueur de la rue de Turenne. Rue Bérenger. Passage Vendôme, débouchant place de la République. Au pied de la statue ils achètent des marrons grillés, puis empruntent la rue du Faubourg-du-Temple jusqu'au canal Saint-Martin. S'installent sur un banc au bord de l'eau et mangent les marrons brûlants. Lancent les peaux aux canards, qui ne daignent même pas les regarder.

Emil est assis dans son landau, alerte, emmitouflé contre le froid, ses deux petits yeux noirs pétillant au milieu des tons pastel de ses écharpes et couvertures en laine.

Saffie sent que le moment est venu. Elle se met à raconter à András ce qu'elle tient maintenant à lui raconter.

Elle commence par le plus farfelu en apparence, à savoir le caniche en peluche.

— C'était un cadeau de mon père, dit-elle. Quand j'étais petite, petite. Deux ou trois ans. Maintenant j'ai seulement une patte...

Vati jeune homme aux yeux verts rieurs, se penchant pour embrasser sa fillette tout en lui dissimulant quelque chose derrière le dos ; elle, sautillant autour de lui, folle d'impatience car elle l'avait supplié de lui ramener un caniche du centre-ville ; mais le paquet passe devant quand elle est derrière, derrière quand elle est devant – « Donne ! crie-t-elle. Donne ! », d'une voix de plus en plus perçante car il est sourd d'une oreille, l'oreille gauche – à table elle lui parle toujours dans l'oreille droite mais là ils tournent trop vite, comment être sûr que ça entre dans la bonne oreille – « *Donne !* » – n'entend-il pas ? – on ne peut jamais savoir quand Vati vous entend, Saffie a le visage rouge et le corps tout chaud d'avoir couru, elle va exploser d'impatience – « *Donne !* » « Ah ! ah ! ah ! On dit s'il te plaît. » « S'il te plaît s'il te plaît s'il te plaît ! » « S'il te plaît mon beau papa. » « S'il te plaît mon beau papa ! » « S'il te plaît mon beau papa gentil ! » – enfin il la laisse lui arracher le cadeau des mains, déchirer le papier de soie de ses menottes avides – « Oh ! »

La déception est terrible : c'est un jouet, un faux. Elle aurait dû savoir mais, à deux ans, elle ne savait pas qu'on n'emballe pas les vrais caniches dans du papier... Elle lève vers son père des yeux pleins de reproche. « C'est *mieux* qu'un vrai ! insiste-t-il. Ça ne peut pas tomber malade ! »

— Tu vois, résume-t-elle maintenant pour András, je lui pardonne. Je suis si fière de lui... Il sait guérir tous les animaux... Les voisins viennent chez nous avec leur chien, leur chat, leur canari... et ils repartent heureux ! Sauf si la bête est trop vieille ou trop malade, alors ils demandent une piqûre. Et après ils sont quand même heureux, parce que mon Vati est tellement calme en faisant ça, il leur dit que la bête ne souffre pas... Alors ils disent merci, ils paient et ils ramènent la bête chez eux pour l'enterrer.

Longue pause.

András ne dit rien, rien, rien.

Des péniches avancent lentement sur le canal, leurs cheminées frôlant parfois les ponts piétons en forme de V renversé. Emil est captivé par ce spectacle. Il pousse de petits « Oh ! » tout bas, comme pour lui-même.

Passe à ce moment, sur le quai d'en face : Michelle, chez qui Saffie était restée au début de sa grossesse. Elle sort de l'hôpital Saint-Louis, où on vient de lui apprendre que son plus jeune enfant (un garçon, pas la fillette dont Saffie avait occupé la chambre) souffre d'une insuffisance rénale. Michelle marche tête basse, toute à son angoisse, et comme Saffie a les yeux plongés dans les flots gris de son passé, les deux femmes ne se voient pas. Ça arrive tout le temps, ce genre de chose. On s'étonne des rencontres miraculeuses, des coïncidences inouïes : « Comme le monde est petit ! » s'exclame-t-on à chaque fois... mais en vérité la vie comporte bien davantage de ces rencontres ratées, ces presque rencontres, ces pas-tout-à-fait coïncidences.

— Et puis, poursuit Saffie, après la guerre... comment te dire... Tu connais, à cause de Budapest, mais... tu ne peux pas connaître.

Au bout d'un autre long silence, elle reprend, d'une voix plus basse encore :

— On boit la peur. On mange la mort. On respire... le... comment dire... *Blei*, le plomb. Tout est si lourd, si lourd ! Le silence nous étouffe. Pas de paroles dans la maison. Mutti est morte. Les enfants ont faim. Tout le monde a faim. On habite dans la cave de notre maison, et en haut c'est des Français. Comment on peut comprendre ça ? Les petits ne comprennent pas. Pourquoi on habite dans la cave de notre maison. Pourquoi il y a l'eau sur le sol jusqu'aux chevilles. Pourquoi on n'a pas de médicaments, pas d'habits, rien à manger, rien. Pourquoi Mutti est partie. Pourquoi les GI dans la rue se moquent de Vati, le poussent, crachent leur chewing-gum sur lui. Personne ne parle. Frau Silber ouvre la bouche seulement pour donner des ordres ou dire des prières. Une tension... *schrecklich*, horrible... András, tu peux comprendre ?

András a pris la main de Saffie dans la poche de sa gabardine, pour la réchauffer. Il la caresse de son pouce gauche, sans répondre.

— Et alors... et alors les gens, comme personne n'a rien à manger, ils ne peuvent plus nourrir leurs animaux, et ils les amènent chez nous. Chez mon père... Ils font la queue chez nous, chacun avec son animal à tuer, dans une cage ou dans un panier ou dans les bras, et elles ne sont même pas malades, les pauvres bêtes ! elles ont seulement faim, comme nous ! J'ai neuf ans et je vois tout le monde qui arrive en pleurant avec leur chien, leur chat, leur hamster... Et là, ils nous les laissent. Ils ne veulent plus les ramener à la maison. Il y a déjà trop de mort chez eux. Alors c'est Vati qui les enterre tous les soirs, dans le jardin derrière la maison. Il fait des trous dans la pelouse avec la pelle, puis il met les bêtes dedans et il les recouvre. Sans rien dire. Jamais il ne parle de ça. Jamais. Il est fatigué, je pense. Mais moi... je ne peux pas...

Saffie refoule un tremblement. Empêche sa voix de glisser en montant vers les notes aiguës de l'hystérie.

— Moi, je ne peux *pas* les laisser comme ça ! Alors, après, le soir... je chante pour les bêtes que mon père a enterrées. Une fois... c'était au mois d'août, le soleil se couchait... il y avait un très grand chien, mon père l'avait piqué avec le cyanure... et il courait dans le jardin, dans tous les sens, avec... tu sais... la mousse, là, à la bouche... Enfin il est tombé, il respirait très fort...

À nouveau, Saffie doit se ressaisir.

— Et moi, pour l'aider à mourir, je lui chantais une chanson pour les bébés, que ma mère nous chantait pendant les alertes... Écoute...

Elle chante bas mais, malgré elle, sa voix vacille, malgré elle des larmes montent et débordent de ses yeux, elle les chasse d'une main impatiente et continue de chanter. Il faut qu'András comprenne, sinon le tournant ne pourra être pris :

— « *Guten Abend, Gute Nacht, Mit Rosen bedacht, Mit Nelken besteckt, husch, unter die Deck. Morgen früh, wenn Gott will, wirst du wieder geweckt...* »

Nauséeuse, elle s'interrompt avant la reprise du couplet.

— Tu comprends, András ?

Il comprend. Il archicomprend. Cette berceuse de Brahms incarne ce qu'il exècre le plus dans l'âme allemande, la mièvrerie pieuse et la soumission. Mais il garde toujours le silence. Ne fait ni oui ni non de la tête. Ne caresse plus de son pouce la main de l'Allemande.

— Ça veut dire (elle hésite, cherche ses mots) : « Bonsoir... bonne nuit... couvert de roses et... je ne sais pas, une autre fleur... Glisse-toi... sous la couverture... Demain matin (elle pleure à nouveau)... si Dieu le veut, tu vas te réveiller encore. » C'est *atroce*, tu comprends ? Parce que les fleurs sont dans le jardin, alors si on chante ça aux enfants ça veut dire qu'ils vont mourir... Quand j'allais au lit chaque soir, c'était comme si je me glissais dans ma tombe. Et dans mes rêves, les fleurs sur ma couverture se mélangeaient et commençaient à pourrir...

Saffie presse son visage contre la gabardine d'András – mais s'en écarte aussitôt, car elle n'a pas encore fini.

— Souvent, András... les animaux n'étaient pas bien enterrés... Tu comprends, mon père était fatigué, il faisait des trous pas assez profonds... La terre bougeait et ça remontait, les pattes ressortaient... Quand j'allais dans le jardin, je marchais... comme sur un tapis mousse de cadavres.

Un haut-le-cœur met fin à son récit.

Maintenant, sur le corps d'András, dans la nuque, sur les bras et la poitrine, dans le dos d'András, les poils se hérissent. Ce n'est pas de la sympathie mais de la révulsion. Les mots de Saffie ont réveillé en lui l'image d'autres cadavres mal enfouis, des cadavres de juifs et non d'animaux domestiques. Lui qui lit tout – lui qui ne peut s'empêcher de tout lire – a lu cela, l'évocation de la même scène exactement, sous la plume du grand écrivain soviétique Vassili Grossman. Celui-ci avait raconté, juste après la guerre, ce qui était arrivé aux juifs dans son village natal de Berditchev en Ukraine. Ils avaient dû creuser leur propre tombe avant d'y être précipités pêle-mêle, tués d'une balle dans la nuque. Cinq immenses fosses remplies de juifs morts, tous les juifs du village, plusieurs centaines, dont la propre mère de Grossman. Et puis, les mêmes mots – le sol qui bouge, les cadavres qui enflent, remuent et se remettent à saigner, faisant craquer sous leur pression la surface de la terre... La terre argileuse de Berditchev ne pouvant absorber tout ce liquide, le sang des juifs s'était mis à couler sur le sol, on barbotait dans des mares de sang, les Allemands avaient sommé les paysans du coin de recouvrir les fosses de terre, et il avait fallu recommencer une autre fois, et une autre fois encore, car à chaque fois la terre se soulevait, se rouvrait et se remettait à déverser des flots de sang...

Sans qu'ils s'en soient aperçus, le froid humide s'est insinué à travers leurs habits. Ils sont gelés. Pétrifiés par le froid et par les images qui hantent à nouveau leur cerveau. Ils ne se parlent plus, Saffie et András. Ils ne savent plus qu'ils sont ensemble au bord du canal Saint-Martin, dans la ville de Paris, un jour de janvier 1959. Ils se sont presque perdus en ce moment, chacun noyé dans le sang de ses souvenirs, drainé de tout espoir et de tout désir, échoué dans l'immuable solitude du malheur.

Heureusement qu'il est là, Emil.

Il est en train de faire caca : tout son visage est distendu et empourpré par l'effort. Des larmes lui montent aux yeux.

— Ooo-oh ! dit András, se levant. Tu as choisi bien ton moment, mon garçon. Si loin de la maison, tu lâches tout ? Pourquoi tu veux nous mettre dans la merde, ta maman et moi ?

Ils rentrent à l'atelier en vitesse, sans parler mais proches, se tenant la main et poussant le landau ensemble de l'autre main.

12

L'atelier du luthier reçoit beaucoup de visiteurs en hiver car il y fait chaud : chaleur du poêle quand il y a du charbon ; de façon plus fiable, chaleur du cœur et de la musique. Y traînent, buvant du thé ou du vin chaud, tâtant de différents instruments de musique, parlant chacun sa langue ou son sabir : jazzmen américains, violonistes yiddish de chez Goldenberg (Saffie est déroutée d'entendre leur langue si proche de l'allemand), prostituées et travestis de l'hôtel borgne du numéro 34 (géré par l'épouse d'un policier en flagrante transgression de la loi Marthe Richard), réfugiés d'Europe centrale fraîchement débarqués à Paris... sans parler de Mme Blumenthal, petite veuve obèse et malade du cœur qui habite au sixième et vient chez András chaque jour à midi, ses emplettes quotidiennes réparties en deux filets, pour reprendre des forces avant la montée redoutable... Le monde entier, diraiton, connaît le chemin de l'atelier vents et bois.

Saffie est à l'aise au milieu de cette pagaille polyglotte : elle parle peu mais écoute, sourit, sert le thé et lave les verres dans le petit évier, fière d'être reconnue comme l'hôtesse des lieux.

Quant à Emil, choyé, caressé, flatté par des dizaines de mains et de voix étrangères, le quartier a vite fait de le baptiser Prince-de-Sicile. Dès l'apparition de son landau au bout de la rue, des amis et connaissances d'András affluent et se penchent pour s'enquérir de la santé de Sa Majesté. Ses premières tentatives de parole sont un mélange désopilant d'idiomes. Par bonheur, Raphaël ignore tout des langues étrangères et n'entend dans les exclamations saugrenues de son fils – « *Oy weh ! Salud ! Hey man !* » – que le prolongement de son babillage infantile.

Depuis quelques semaines Emil appelle András Apu, mot qui signifie papa en hongrois. Et Raphaël, c'est papa. En même temps qu'il apprend à parler, autrement dit, on lui apprend à mentir.

Deux fois seulement, au cours de cet hiver 1959, les visiteurs d'András causent du désagrément à Saffie. Non, trois fois : mais la troisième est si grave que le mot de désagrément ne convient pas. La troisième fois, leur couple manque de se défaire.

Un mercredi du mois de février, vers dix heures du matin. András est sorti acheter du sucre pour le thé, laissant Saffie et Emil seuls chez lui. La porte s'ouvre soudain et entre en trombe un clochard d'une cinquantaine d'années : hirsute, loqueteux et hoquetant, empestant le vin, flageolant sur ses jambes, semelles béant sur des orteils nus, noirs et difformes. Affolée, Saffie s'élance pour prendre Emil dans ses bras et le serre contre elle sans parvenir à articuler un mot. L'ivrogne, aussi décontenancé par la présence de la jeune femme qu'elle par la sienne, regarde autour de lui en clignant des yeux rouges et en marmottant : « L'est pas là, m'sieur André ? L'est pas là ? »

À ce moment, le sifflotement d'András se fait entendre dans la cour. Saffie prépare des phrases dans sa tête pour lui atténuer le choc – je suis désolée, il est entré sans frapper, ne te fâche pas, il ne nous a pas menacés – mais à sa surprise, András ne cille même pas en voyant le clochard.

— Ça va bien, Pierrot ? dit-il, presque sans le regarder.

Plus surprenant encore, il glisse une main derrière des livres sur une étagère, en retire une bourse d'argent et la lui passe.

— Tiens... Allez, à ce soir ! Bonne journée !

— M-merci, m'sieur André, dit l'autre.

Et, avec des courbettes répétées et ridicules, marchant à reculons vers la sortie :

— M-mes hommages, madame !

András referme la porte derrière lui.

— C'est un copain, dit-il en guise d'explication. Il dort à la marché des Enfants-Rouges. Tu sais ? Rue Charlot ? Non ? C'est une marché avec un toit, alors les clodos ils vont là le soir pour discuter, et après ils dorment côte à côte entre les caisses pour avoir chaud. Mais il y a des voleurs. Alors quand Pierrot a des sous, il les laisse avec moi la nuit, parce que avec le vin... il dort trop bien. Il t'a fait peur ? Oh !

Riant, il entoure de ses grands bras la mère et l'enfant, toujours soudés ensemble.

— Tu as peur, mon amour !

— Apu, dit Emil, se retournant pour lui grimper sur le cou.

La fois suivante, c'est une femme.

Saffie pousse la porte de l'atelier et elle est là : une femme du même âge qu'András, blonde et belle, toute en rondeurs, assise à sa place à elle, dans le fauteuil défoncé, le fauteuil qu'elle-même a réparé : oui, les cuisses charnues de l'intruse sont croisées sur le ruban adhésif que Saffie a collé de ses propres doigts sur le cuir déchiré, tandis qu'András, installé à son établi, tripote un trombone.

Saffie s'arrête net. C'est comme si elle voyait le film de sa vie, avec une autre actrice dans son propre rôle. Film projeté dans une langue étrangère et sans sous-titres – car András et la platinée plantureuse bavardent ensemble en hongrois, sans tourner la tête vers elle. András n'est pas le même quand il parle sa langue, Saffie l'a déjà constaté : sa voix est plus forte et son débit plus rapide que d'habitude – et là, ses mots font tellement rire la grosse blonde que ses seins en sautillent...

C'est un choc. Blême, elle est, notre héroïne. Anéantie, inexistante. Comme la toute première fois que nous l'avons vue, debout immobile devant la porte de Raphaël Lepage.

— Ah ! Ma Saffie ! Viens !

Enfin András l'a vue, il s'est levé.

— Je te présente Anna.

Saffie avance comme un automate. Jambes-bâtons, bras-bâtons, mouvements saccadés de robot programmé pour serrer la main des humains.

— Enchantée, dit la Hongroise Anna, avec un accent épais.

« Enchantée » est probablement un des seuls mots qu'elle connaît en français.

Saffie ne peut pas. Ne peut pas. Ne peut rester dans la même pièce que cette femme si mûre, si supérieure, compatriote et complice d'András, enfermée avec lui dans l'indicible intimité de la langue maternelle... Son épouse, peut-être ? mon Dieu...

— Je... je... passais... par hasard, bégaie-t-elle. Pardon ! (Elle regarde sa montre.) Je n'ai pas le temps. On m'attend. Merci beaucoup ! ajoute-t-elle bêtement. Au revoir !

Et elle déguerpit, avec Emil qui se met debout dans le landau et tend les bras vers András – « Apu ! Apuka ! » – tandis que l'autre femme, Anna, éclate de rire tout en glapissant quelque chose en hongrois – mais Saffie ne comprend pas, ne comprend rien, n'aspire qu'à sortir au plus vite de cet atelier...

András la rattrape dans la cour. Met ses deux mains

sur ses épaules. La tourne fermement vers lui et la secoue comme une petite fille.

— Tu es bête, mon amour. Tu sais ? Tu es bête.

Le corps de l'Allemande est passif, amorphe ; András ne l'a jamais senti ainsi ; c'est le corps qu'elle donne habituellement à Raphaël.

— C'est la femme à mon meilleur ami de Budapest, lui dit-il. Elle est en Paris pour trois jours, avec une petite orchestre. Elle veut me donner des nouvelles de lui. Reste ! Tu es bête. Ne pars pas !

— Elle est juive ? demande Saffie à voix basse, les lèvres serrées, tous les organes tordus par la jalousie.

Le visage d'András se crispe comme si elle l'avait giflé.

— Oui elle est juif. Bien sûr elle est juif. Tous mes amis ils sont juifs là-bas. Et alors ? Tu...

— Elle m'a regardée, dit Saffie, le coupant, avec... avec mépris. Comme si j'étais... une rien ! une Laus allemande !

Saffie ne connaît pas le mot « pou » en français ; András non plus, mais il le connaît en allemand et c'est un mot qu'il exècre.

— Tu imagines... dit-il, détachant lentement ses mains des épaules de Saffie.

Il se tient là, les bras le long du corps, et la regarde en secouant la tête.

— Tu imagines des choses. Mais ne reste pas, si tu veux. Ne reste pas.

Elle fait volte-face et s'en va, raide comme un piquet, avec Emil qui pleure inconsolablement.

Le troisième incident, celui qui manque être fatal pour leur amour, a lieu un mois ou deux plus tard. Dans l'intervalle ils ont eu le temps de se revoir, se rassurer, se remettre d'aplomb.

Ce jour-là, Saffie et Emil arrivent à l'atelier plus tard qu'à l'accoutumée. Raphaël vient de partir pour Genève après être resté plus d'une semaine à la maison, alité avec une grippe. Saffie l'a soigné comme une bonne petite épouse – comme sa mère la soignait, elle, petite : avec des citronnades chaudes au miel, des potages aux légumes passés, des cataplasmes au saindoux et à la cannelle ; elle a pris sa température matin et soir, ramassé ses mouchoirs sales par terre, changé ses draps ; calme et souriante elle lui a dit et répété : « Mais oui, tu seras en forme pour le concert lundi, je te le promets ! »

En se comportant ainsi, Saffie n'est nullement hypocrite. Elle n'a pas besoin de se forcer pour être gentille avec Raphaël. Elle lui doit tant ! Elle lui doit tout. Ce n'est pas András qui aurait pu lui donner un nom français, la nationalité française. L'idée d'aller vivre avec son amant dans le Marais ne l'a jamais effleurée. Elle ne songe même pas à découcher lors des séjours prolongés de son mari à l'étranger : il n'y a pas de chambre pour Emil là-bas, pas même de salle de bains ! András se lave une fois par semaine aux bains-douches de la rue de Sévigné, et pour son linge sale il va chaque mois rue des Rosiers, plonger son baluchon dans la grosse cuve bouillonnante du lavoir public. Il gagne sa vie chichement, mange peu et mal, ne possède ni four ni réfrigérateur. Saffie n'est nullement déchirée. Elle aime son existence comme elle est : scindée en deux. Rive droite, rive gauche. Le Hongrois, le Français. La passion, le confort.

C'est pourquoi, prodiguant des soins quasi maternels à son époux souffrant, elle n'était pas en train de trépigner intérieurement.

Et c'est pourquoi, une fois Raphaël parti en taxi pour Orly (bourré de médicaments, le moral remonté par mille petits compliments chuchotés), elle trouve très naturel d'annoncer à Emil : « On y va, voir Apuka ? » – et de se mettre en route.

La concierge les regarde s'éloigner dans la rue de Seine. Toujours ce même pas ailé, Mme Lepage. Oh ! ça peut durer longtemps, un adultère. Des années. Une vie entière, parfois. (Cela dit, l'enfant commence à devenir un peu grand pour être mêlé à ces histoires. Mlle Blanche aimerait bien savoir ce qu'il en pense, et comment il s'occupe pendant que sa mère est avec l'autre. Mais... impossible d'attraper Emil sans attraper en même temps Mme Lepage. La mère ne laisse jamais son fils s'écarter d'elle.)

Le soleil d'avril descend déjà dans le ciel, il est sept heures passées et la nuit commence à tomber quand Saffie et Emil arrivent enfin rue du Roi-de-Sicile. Étrangement, alors que la lumière est allumée dans l'atelier et que des voix s'entendent de l'intérieur, la porte vitrée est fermée à clef. Qu'à cela ne tienne, elle a la clef, Saffie ! Elle la glisse dans la serrure, toute joyeuse à l'idée de revoir András – et elle le voit en effet – de dos, assis à la petite table du coin cuisine avec un autre homme, un homme qui lui fait face et qu'elle ne connaît pas, jeune et brun, moustachu, aux yeux brûlants...

L'entendant entrer, les deux hommes sautent sur leurs pieds, l'air furieux – oui, András aussi, l'air furieux...

— *Qu'est-ce que tu fais ici ?*

— Comment, qu'est-ce que je... je...

Saffie dégringole dans le mutisme. C'est un mauvais rêve, ou alors le mauvais réveil d'un rêve sublime...

András s'empare de son coude, la pousse dehors dans la cour, referme la porte derrière lui, ne réagit même pas aux « Apu ! » enthousiastes d'Emil...

— Pardon, Saffie, dit-il, d'une voix basse et ferme. Ce soir, tu peux pas rester.

— Qui est-ce ? András, qu'est-ce qui se passe ? Qui est cet homme ? Je ne partirai pas si...

— Je te dirai demain. Tu reviens demain, je te dirai. Va maintenant. S'il te plaît.

Sans attendre sa réponse, il retourne dans l'atelier et lui ferme la porte au nez. Elle refait tout le trajet jusqu'à la rue de Seine sans savoir si elle marche, vole ou nage.

Et, les jours suivants, elle boude. Mais il est difficile de bouder quand l'autre n'a pas le téléphone. Les silences de Saffie sont nombreux et de longueur variée ; ils ont toutes sortes de motifs ; comment savoir si András interprétera ce silence-ci comme un reproche ? Lui, n'a aucun moyen de la joindre. Ne sait même pas avec précision où elle habite. N'a jamais voulu imaginer dans le détail son autre vie, la vie bourgeoise qu'elle mène avec son mari flûtiste.

Or justement, Raphaël revient dimanche. Saffie ne supporte pas l'idée de l'accueillir alors que perdure le malentendu avec András. Le vendredi, donc, elle retourne dans le Marais.

András est seul. Mais pas plus loquace au sujet de son visiteur à la moustache.

— C'était qui ?

— Qui c'était qui ?

— Arrête... Tu as promis de me dire.

— Emil, regarde, j'ai fait pour toi...

C'est une flûte, une coloquinte orange et verte de l'automne passé qu'András a fait sécher et dans laquelle il a creusé des trous ; maintenant il souffle dedans – trois notes aériennes – et la tend à l'enfant...

— *András !*

— Saffie, tu as ta vie, oui ?

— Ce n'est pas pareil !

— Bon, c'est pas pareil... Toi et moi c'est pas pareil, c'est OK.

— Moi, je ne te cache pas des choses... Dis-moi, András... c'est l'Algérie ? *C'est ça ?*

Et, peu à peu, suppliante, ardente, aimante – car, oui, Saffie sait aussi se servir des armes féminines quand une chose lui tient à cœur –, elle parvient à ses fins. Lui soutire un certain nombre d'informations. Apprend, à dire vrai, plus qu'elle n'en aurait voulu.

Apprend que l'homme dont elle est amoureuse croit au communisme, tout comme les Russes qui ont dévasté son corps d'enfant en 1945.

— Je croyais que tu étais *contre* les Russes ! C'est pour ça que tu as quitté la Hongrie !

— Contre les Russes chez nous. Mais, Saffie, *tous* les juifs sont marxistes, à part les hassidim. Et presque tous les marxistes sont juifs, à commencer par Marx ! Regarde, tous les meilleurs bolcheviks – Trotski, Zinoviev, Kamenev, Grossman ! C'est normal ! Le communisme c'est le seul qui dit : juif ou pas juif, la religion c'est la merde, une commerce de mensonges, terminé maintenant, tout le monde va être intelligent.

L'homme de l'autre soir s'appelle Rachid. András sait peu de choses de lui. C'est un responsable de la Fédération de France du FLN, un collecteur de fonds. Il a vingt-cinq ans, rêve de faire des études de médecine et de devenir chirurgien. C'est le fils aîné d'une famille nombreuse mais il a déjà perdu deux frères, là-bas, dans le Constantinois. Sa mère lui voue un culte. Son père a été tué en 1945, dans le massacre de Sétif (Saffie n'en a jamais entendu parler ; elle faisait autre chose le 8 mai 1945, quand quarante mille Algériens ont été abattus par l'armée française pour avoir osé demander, eux aussi, la libération).

Il n'a pas de domicile fixe, Rachid. Il dort ici et là, jamais deux nuits de suite au même endroit, pour déjouer les pièges de la police. Du reste il dort peu, il préfère passer la nuit à boire du café et à parler politique. Il ne rit pas souvent mais quand il rit, pris au dépourvu par l'humour désabusé d'András, ses dents sont un choc de blancheur dans son visage sombre.

C'est Rachid qui, connaissant la place qu'occupe un petit garçon franco-allemand dans le cœur de son ami hongrois, a ramené la chaise à bascule d'une décharge à Aubervilliers... et s'est mis en colère quand András a osé l'en remercier. Entre frères, ça ne se fait pas.

Oui, il a accepté András comme frère dans la lutte.

— Je suis une planche, dit-il, voulant dire « planque », et comme Saffie fronce les sourcils d'incompréhension, il faut qu'András lui explique : l'argent que les *moussebilates* de Barbès remettent chaque mois à Rachid transite par cet atelier la nuit. Des armes aussi, parfois. Ainsi, la toute première boutade d'András, à propos de la bombe dans le landau, était à peine une boutade.

— Tu aides à faire la guerre, alors ? dit Saffie en reculant. Ces mains elles touchent des clarinettes... et des fusils ? *Elles tuent, ces mains ?* Je te déteste !

— Saffie...

— Ne me touche pas ! *Je hais la guerre !* András ! (Elle crie. Hystérique pour de vrai, cette fois.) *Je vais te dénoncer à la police !*

Il la gifle. De toutes ses forces. Juste une fois. Juste pour la calmer.

Et, oui, cela la calme... Elle met ses deux mains, superposées, sur sa joue en feu.

Ahuri par cette explosion de violence entre les deux êtres qu'il adore, Emil lâche sa flûte-courge et regarde, sans pleurer, de l'un à l'autre.

En fait – ils ne se le disent pas mais tous deux le savent – ils ont enfin touché là à l'essence de leur amour, à son noyau secret et sacré. En l'autre, c'est l'ennemi qu'ils aiment.

Le tournant est pris.

Quand Raphaël revient à Paris le surlendemain avec une pendule à coucou en guise de cadeau pour son fils, il trouve Saffie non seulement sereine mais resplendissante, et ça lui fait chaud au cœur.

Ce soir-là, alors que le couple se lave les dents, se déshabille, se prépare machinalement pour la nuit, Saffie demande à Raphaël :

— Ça s'est bien passé, tes concerts ?

— Ça s'est bien passé, oui... J'avais du souffle... Plus trace de cette saloperie de grippe, grâce à toi... Mais le mercredi, il y a quand même eu un problème...

— Ah ?

— On donnait le concerto de Mozart, tu sais, avec le duo de flûtes... J'étais debout face à Mathieu et, va savoir pourquoi, au beau milieu de notre solo nos yeux se sont rencontrés et on a tous deux attrapé le fou rire. C'était épouvantable ! Tu t'imagines ? Une envie de rire que tu dois à tout prix réprimer – parce que la musique continue ! Pour un pianiste ou un violoncelliste c'est moins grave, mais pour un flûtiste c'est le cauchemar... Mathieu est devenu rouge comme une pivoine, il s'est mis à trembler de la tête aux pieds, ses yeux riaient, les coins de sa bouche riaient – et moi, bien sûr, plus je le regardais plus je perdais les pédales moi aussi, j'avais beau penser à mille autres choses, rien à faire, tout me paraissait tordant... Alors tu sais ce que j'ai fait ?

— Non ? demande Saffie, pliant ses habits sur le dossier de sa chaise au fur et à mesure qu'elle les enlève.

— Eh bien, je lui ai tout bonnement tourné le dos.

— Ah ! dit Saffie. Nue, elle va chercher sa chemise de nuit sous l'oreiller.

— Brillant, non ? Le public a dû trouver ça bizarre, mais au moins on a pu finir le morceau... Mais je te jure, Saffie, un instant j'ai cru que j'allais devoir m'arrêter... Ç'aurait été dramatique, tu te rends compte ? Alors qu'on était en direct à la radio...

— Je suis contente, murmure distraitement Saffie en glissant sa chemise de nuit par-dessus sa tête.

— Oui, ben, moi aussi, je peux te dire !

Sa voix change soudain, elle descend vers les régions du désir.

— Viens là, toi... dit-il.

Il prend la main de sa femme et, l'attirant à lui, plonge ses yeux dans les deux étangs verts sans reflet.

— Tu es vraiment belle en ce moment, tu sais ? Tu deviens de plus en plus belle...

Il lui pose les deux mains sur les épaules, visibles en transparence à travers la soie gris perle de sa chemise de nuit, et l'attire plus près encore.

— Tu vois, ajoute-t-il, heureux, sentant son membre se dresser contre le ventre de Saffie, je me suis simplement retourné... comme ça...

La retournant, il soulève la chemise de nuit autour de ses hanches nues et la fait tomber doucement en avant sur le lit.

— Comme ça, dit-il, haletant maintenant, se penchant pour lui mordiller la nuque tout en commençant à la pénétrer, j'ai pu... continuer... de jouer... et continuer... et continuer encore...

Saffie ne se sent-elle jamais coupable ? Comment fait-elle pour supporter cette duplicité, jour après jour, mois après mois ? C'est le même corps qu'elle donne à l'un et à l'autre homme ; n'y a-t-il jamais d'interférence dans sa tête ?

Non : pour la simple raison qu'elle est amoureuse d'András, alors qu'elle n'a jamais été amoureuse de Raphaël.

Mais le fait de mentir ne lui pose-t-il pas de problème de conscience ?

Non.

Même au moment de prononcer ses vœux devant le maire ?

Même. Car la cérémonie s'est déroulée en français, et parler une langue étrangère c'est toujours, un peu, faire du théâtre.

Mais alors, avec András... ?

Ah ! là, c'est différent. Lorsque deux amants ne disposent pour se parler que d'une langue à l'un et à l'autre étrangère, c'est... comment dire, c'est... ah non, si vous ne connaissez pas, je crains de ne pas pouvoir vous l'expliquer.

13

Depuis qu'elle a raconté à András l'histoire des animaux mal enterrés, depuis qu'elle lui a fait comprendre les berceuses coincées dans sa gorge, Saffie est devenue plus présente à son fils. Elle s'est mise à voir, à entendre et à sentir le menu être humain qui vit à ses côtés.

Or Emil l'aime. Il tend les bras vers elle – « *Dans* les bras ! » – et, quand elle le soulève, serre ses jambes grêles autour de sa taille, lui tapote les joues, lui caresse les cheveux, lui fait des bisous pleins de bave... Et Saffie, maintenant, ose. Serrer contre elle, les yeux fermés, le petit torse. Plonger son nez au milieu de ses boucles noires et s'imprégner de leur odeur. Lui coller un baiser – long, doux, tendre – dans la nuque. Lui souffler à l'oreille : « mon bébé », « mon chéri », et même parfois, tout bas, « mein Schatz ». Elle ose.

Emil lui tient compagnie dans la maison rue de Seine. Pendant qu'elle fait le ménage il la suit de pièce en pièce, zigzaguant autour d'elle, babillant, lui posant mille questions : son vocabulaire grandit chaque jour de façon étourdissante.

— C'est quoi, ça ?
— Un aspirateur.
— À... fiteur.
— Aspirateur.
— À... fi... rateur.

— C'est quoi, ça ?
— Un...
Saffie cherche le mot en français. Parfois elle ne trouve pas. Cette fois elle trouve.
— Un pichet.
— Piffet.
— Pichchchchchet.
— Pichet.
— Oui !

Autant de minuscules victoires sur l'ignorance, le flou, l'hostile silence du monde.

« Didi ! Didi ! » Cri d'Emil, perçant, surexcité, chaque fois qu'un moineau ou un pigeon se pose sur le rebord de la fenêtre. « Didi » c'est son mot à lui, choisi il y a longtemps déjà pour désigner les oiseaux. Saffie dit d'abord « Oui ! » puis le corrige, articulant avec soin le mot français tout en voyelles, oi-seau – jamais Vogel – jamais l'oiseau de son enfance à elle – *Kommt ein Vogel geflogen,* celui qui portait dans son bec une lettre de la mère, *von der Mutter einen Brief* – cet oiseau-là est enfin mort.

Il y a un oiseau qu'ils haïssent tous les deux, c'est celui qui sort vingt-quatre fois par jour de la pendule ramenée de Suisse par Raphaël. Le mécanisme est d'une précision énervante, suississime ; elle ne perd ni ne gagne serait-ce une seconde par mois ; ses *tic* et ses *tac* sont imperturbables, impitoyables, horripilants. Au quart elle dit *ding,* à la demie *ding, dong,* aux trois quarts *ding, dong, ding* et, pile à l'heure, la mort dans l'âme, on entend le cliquetis du ressort qui fait s'ouvrir la petite porte en bois peint ; jaillit alors le petit oiseau en bois peint qui ouvre son petit bec en bois peint et enchaîne stupidement ses *coucou* – jusqu'à douze de suite !

Comme Raphaël pour travailler sa flûte ne tolère aucun bruit dans ses parages, la pendule a été installée aux antipodes de sa salle de musique, c'est-à-dire dans la chambre de l'enfant. Souvent, à l'entendre sonner au milieu de la nuit, Emil se réveille et pleure.

C'est insupportable.

Ainsi, au prochain déplacement professionnel de son époux, Saffie décroche la pendule et l'apporte jusqu'à la table de la cuisine.

— Viens, mon Emil, dit-elle. Viens voir... Il habite où, le coucou ?

— Là. Dans sa maison.

— D'accord... Très bien... Maintenant, regarde... On va ouvrir la porte... Tu vois ?

À l'aide d'une pince à glaçons, elle arrache l'oiseau comme une dent pourrie.

— Oui ! dit Emil, ravi.

— Il n'est pas gentil, le coucou.

— Non. Vilain.

— Tu sais ce qu'elles font, les mamans coucous ?

— Non... ?

— Elles laissent leurs œufs dans le nid des autres oiseaux, puis elles s'envolent. Elles ne veulent pas s'occuper de leurs bébés.

— Ah ! C'est *pas* gentil.

— Alors qu'est-ce qu'on fait pour le punir, le coucou ?

— On le tape !

— Oui ! On le tape. Tiens, prends ça... (Elle lui tend le maillet qui sert à écraser l'ail.) Vas-y, tape-le ! Oui ! Bravo, Emil ! Comme ça il ne va plus nous réveiller la nuit, hein ?

Hilares, ils démolissent la pendule pièce par pièce.

Malgré la mort du coucou, et malgré la dérision du cadran détraqué dans l'atelier d'András, le temps passe. Il glisse sur les amants et sur les autres, à Paris et ailleurs. La nouvelle année arrive, elle s'appelle 1960 et d'emblée elle est lourde de menaces. C'est une nouvelle décennie aussi : les années cinquante avec leurs fiers accoutrements modernes, Brylcreem, Formica et Nylon, prendront sous peu un air laid et ridicule.

Où en est le monde en ce début de décennie ? John Fitzgerald Kennedy brigue la candidature démocrate à la présidence des États-Unis. Saloth Sor dit Pol Pot, ayant achevé son cycle d'études à la Sorbonne, rentre à Phnom Penh pour mettre en pratique quelques théories qu'il vient d'engranger. Vassili Grossman achève son grand roman *Vie et destin* sans se douter que le KGB va bientôt en confisquer le manuscrit et jusqu'au ruban de sa machine à écrire ; il mourra en croyant le livre détruit. Albert Camus, quant à lui, écrit un roman sur son enfance algérienne sans se douter qu'il restera inachevé ; sa vie va bientôt prendre fin sur une route de Bourgogne, non loin de la maison d'Hortense Trala-Lepage. Nikita Khrouchtchev vante en tapant du poing sa nouvelle bombe nucléaire, mille fois plus puissante que celles lâchées sur Hiroshima et Nagasaki...

En Algérie aussi, les jours et les mois s'écoulent. Sous le soleil fiable et brûlant ou sous les pluies diluviennes, on déplace des populations au nom de la France, on incendie des mechtas, on broie des corps de façon scientifique, on expose des cadavres pour l'exemple. La guerre est entrée dans sa sixième année. Peu à peu, la haine se solidifie dans les âmes, la rage fait ses ravages, les cœurs se durcissent, les volontés se trempent, les allégeances se construisent, les groupes de fellaghas se forment, se multiplient et s'arment jusqu'aux dents...

Un jour vers la fin janvier, écœurés par la trahison du chef de l'État, des généraux de l'armée française provoquent une nouvelle insurrection à Alger : émeutes, rues jonchées de morts et de blessés, état de siège. De la répression de cette insurrection naîtra la redoutable Organisation de l'armée secrète : illégale et meurtrière machine conçue pour garder l'Algérie française à n'importe quel prix.

Pendant ce temps, dans la ville du Nord où vivent nos héros, tout est grisaille et grésil.

András, qui suit de près les événements, serre les mâchoires de plus en plus souvent. Il serre les poings aussi et sent, en ses poings serrés, une force qui le rendrait capable de tuer un autre humain.

Raphaël, à cette même époque, est au faîte de sa carrière. Le succès le soûle, le rend génial. Quand il joue de la flûte en public, il n'y a plus ni lui ni flûte : l'effort et les exercices s'évaporent, les tonalités et les tempi s'effacent, les notes n'ont plus de nom, même le compositeur et son siècle perdent leur importance car cela parle d'autre chose, la musique ne parle pas de la musique, le grand interprète décolle du phénomène particulier pour se hisser au plan sublime du toujours-déjà là : doigts langue lèvres glotte poumons et diaphragme n'ont d'autre choix que de coopérer car cette *Siciliana* de Bach est une essence, une transe hors lieu et hors temps, une substance divine dans laquelle Raphaël est immergé en même temps que son public. Le succès est devenu son milieu naturel, l'air qu'il respire et qu'il resouffle dans son instrument. Il répand les notes telles des graines magiques sur le champ fertile et passif de l'auditoire, les sent germer et éclore, fructifier dans les cœurs serrés, portant nourriture et apaisement – portant sens. Après, bien sûr, il y a les honneurs : ovations et éloges, fleurs et argent, médailles et diplômes... Mais la drogue de Raphaël n'a rien à voir avec ces choses-là. La drogue de Raphaël c'est la lumière dans les yeux de ses auditeurs, une lumière ardente et belle qui dit : Merci de nous avoir conduits *là* ! Cette lumière fait désormais partie du cycle. Raphaël en a besoin pour jouer, et il joue pour l'allumer. Plus il est aimé, mieux il joue. Plus il donne, plus il a de richesses à donner.

Il est trop tôt pour savoir si Emil a hérité du don musical de son père, mais il a du souffle. Fin janvier, c'est d'un coup qu'il éteint les deux bougies sur son gâteau d'anniversaire, et Saffie tape dans les mains de joie.

Comment tant de mondes peuvent-ils coexister sur une seule planète ? Lequel parmi eux est le plus précieux, le plus vrai, le plus urgent à connaître ? Ils s'agencent entre eux de façon complexe mais non pas chaotique, avançant de front, tourbillonnant, entrant en collision et en collusion les uns avec les autres, des effets surgissant des causes et se transformant à leur tour en causes qui déclencheront des effets et ainsi de suite et ainsi de suite, à l'infini...

Un infini dans l'ensemble assez funeste, il faut bien le dire.

À la fin du printemps, le grand Rampal invite Raphaël à Nice pour l'aider à mettre sur pied l'Académie internationale d'été, école de flûte destinée à devenir l'une des plus prestigieuses du monde.

Et Saffie, avant de descendre rejoindre son époux dans l'élégante villa qu'il a louée pour eux à Saint-Tropez, circule dans Paris avec son fils et son amant, plus longuement et plus librement que jamais.

Bois de Vincennes, un dimanche de la fin juin. Ils jouent à cache-cache tous les trois – courant, riant, criant, suant et s'essoufflant, Emil comblé d'avoir Apu et maman à lui, hors conversation – puis s'embarquent dans une randonnée à travers la forêt. Le landau appartient au passé : le Prince-de-Sicile avance dorénavant sur ses propres jambes, ou, à la rigueur, se laisse porter sur les épaules d'Apu.

Sur un sentier étroit ils croisent une famille française, elle aussi en sortie dominicale : père, mère, fils adolescent et fillette potelée. Leur passage est tout crépitant de ressentiments, comme un nuage d'électricité statique : « Julien ! laisse passer la dame ! » « Mais retiens le chien, enfin, François ! Tu vas faire peur au petit garçon ! » « Avance par là, Suzanne, tu gênes ! » « Où veux-tu que j'avance, il y a des orties partout ! » « Dis pardon quand tu passes devant les gens ! » « Regarde, j'ai les chaussures pleines de boue à cause de toi ! » « Ne parle pas sur ce ton à ta sœur ! »

Quand le nuage est passé, Saffie et András se tournent l'un vers l'autre et s'embrassent en riant. Emil rit aussi, sans bien savoir ce qui est drôle, juste pour être inclus dans leur plaisir.

En fin d'après-midi, alors qu'ils rentrent à Paris par le métro, l'enfant s'abandonne à la fatigue sur les genoux de sa mère. Le bras qu'il lui avait mis autour du cou glisse et retombe inerte le long de son corps, un soupir s'échappe d'entre ses lèvres et sa tête bascule en arrière, révélant la peau nacrée et tendre de son cou.

Une dame aux lunettes d'écaille, assise en face du couple, se penche avec attendrissement sur l'enfant endormi.

— Comme il est mignon, dit-elle à Saffie, recherchant la mielleuse et masochiste complicité des mères. C'est si touchant, à cet âge-là !

— Non, dit Saffie calmement, sans sourire. Vous vous trompez, madame. Cet enfant est un demi-Boche, un petit SS ! Déjà il assassine les oiseaux...

Écarlate d'indignation, la dame se lève et change de place.

— Pourquoi tu dis ça ? demande András, amusé.

— Oh ! C'est trop facile, d'être gentil avec les enfants. « Comme c'est mignon, comme c'est touchant... » Pourquoi elle ne dit pas que *toi* tu es touchant ? Ou moi ? Nous on ne mérite pas sa gentillesse ? Ou... ou lui, là-bas ? – montrant des yeux un vieux musulman en turban et en djellaba, qui dort tout tassé sur lui-même au fond de la voiture.

— Saffie ! s'exclame András avec un étonnement feint. Ne me dis pas que tu commences de voir les gens autour de toi !

La mi-juillet, une fin de journée chaude et lourde, air soupe jaune. Errant dans les petites rues de Charonne, un quartier qu'ils connaissent mal, ils débouchent par hasard sur la place Saint-Blaise. Là, devant la terrasse d'un café décati, deux musiciens produisent de lamentables flonflons. Tiens ! ils avaient oublié, c'est le 14 Juillet. D'ici peu – bals-musettes, fusées, pétards, feux d'artifice – la ville entière sera en liesse.

Saffie contemple la scène. Une scène banale, les joies modestes d'un Paris populaire. Les musiciens – l'un à la trompette, l'autre à l'accordéon – sont vieux et mal fagotés ; néanmoins ils jouent, et au bout d'un moment des gens se mettent à danser sur la chaussée, deux couples dans la quarantaine, quelques femmes entre elles, une poignée d'adolescents qui traînent par là et imitent, d'un air débile, leurs aînés.

D'un seul coup Saffie est terrassée par la fatigue – et ce n'est pas à cause de leur longue marche sous le soleil de juillet – non, c'est une fatigue ancienne, irréfragable. Elle chancelle sur ses jambes. Prend appui sur les épaules de son fils. Petit Emil se tient debout contre elle et observe, lui aussi. Ne s'élance pas pour rejoindre les gamins qui jouent aux billes et aux osselets sur le trottoir.

Saffie est accablée, étouffée, statufiée par le moment :

par son caractère... si peu existant. Il lui semble qu'il suffirait d'un coup de vent, d'une poussière dans l'œil, d'un pied écrasé par un autre pied, pour que tous renoncent et s'en aillent en maugréant, marmonnant des injures et crachant par terre. Haine, haine et désespoir... Elle sent son corps envahi petit à petit par une vague de plomb fondu, oui la vieille nappe de *Blei* a saisi tous ses organes et ce sont les valses de Strauss, cahin-caha, les femmes qui dansent avec les femmes, elle est morte à nouveau et rien de sa vie nouvelle n'existe, ni Paris ni l'été, ni Raphaël ni András ni Emil...

Le sent-il, Emil, que sa mère est morte, dans la lente crispation de ses doigts sur ses épaules ?

Chancelant d'inexistence, elle s'agrippe au bras d'András qui, interprétant mal son geste, conduit Emil jusqu'à une chaise à la terrasse et se tourne vers son amante, la prend dans ses bras et la fait valser avec naturel, avec romantisme, lui soufflant de temps à autre sur le front pour qu'elle ait moins chaud – ah ! grâce à András, l'atroce irréalité des choses est écartée une fois de plus : le mouvement redevient mouvement et non plus immobilité travestie, les membres figés s'assouplissent, enchaînent les rythmes simplets de la valse que joue l'orchestre, *oum*-pa-pa, *oum*-pa-pa, les instants se raniment et reviennent à leur place dans le réel, l'événement caracole et sautille, déclarant qu'il a le droit de se produire et que rien désormais ne pourra l'arrêter, les couples tournoient, la musique avance, ses trois temps se succèdent tranquillement sans se désagréger... Oh ! avec le bras d'András autour de sa taille, elle valserait jusqu'au bout du monde, Saffie !

Quand la danse prend fin, trempée de sueur, les yeux brillants, elle se laisse échouer sur la chaise près d'Emil. András commande à boire – bière, limonade, jus de pomme, une folle dépense – et ils restent là jusqu'au crépuscule, à regarder l'orchestre et les danseurs.

— Pourquoi ils dansent, les gens ? demande Emil.

— Pour fêter la Révolution ! répond András.

— C'est quoi une révu... tion ?

— C'est quand on coupe la tête aux gens, dit Saffie.

— Alors pourquoi ils dansent, si on leur coupe la tête ?

Le lendemain matin, aux Champs-Élysées, a lieu devant le général de Gaulle un impressionnant défilé militaire. Cinq cents appareils d'aviation (dont Mystère, Super Sabre et Vautour, les nouveaux avions à réaction) y produisent un tonnerre assourdissant. Venus d'Algérie, des parachutistes au béret rouge et des harkis en tenue camouflée suscitent l'enthousiasme de la foule.

Au cours de ce même été, l'été 1960, à Paris, à Lyon et à Dijon, de Gaulle laissera guillotiner huit Algériens membres du FLN.

Saffie passe tout le mois d'août dans la villa de Saint-Tropez. Elle joue dans l'eau avec Emil. Hurle de rire quand il l'éclabousse. L'aide, des heures durant, à mouler des tourelles pour ses châteaux de sable... Ce n'est pas qu'elle retrouve son enfance, non : *c'est* son enfance, sa première découverte de l'insouciance et du jeu. Elle dort comme une enfant aussi, et rêve à András presque toutes les nuits. Raphaël travaille la semaine à Nice et, le week-end venu, court rejoindre sa petite famille. Il se félicite de voir Saffie aussi bronzée et détendue.

— Tu es radieuse, lui dit-il.

Comment en irait-il autrement ?

Son bien-être se prolonge jusqu'à l'automne.

Mais, fin novembre, les insomnies reviennent, avec leur cortège de fantômes. Et un jour dans l'atelier d'András, elle est franchement mal.

N'arrivant plus à lire, elle part derrière la couverture rouge et s'allonge sur le canapé. Dissimule ses yeux derrière son bras droit replié. András, après avoir installé Emil à l'établi avec des bouts de liège à coller sur un grand carton, vient la rejoindre.

Il prend la tête de Saffie sur ses genoux – et, comme le jour de l'empreinte de l'ange, se met à détailler son visage de ses grands doigts rudes et agiles.

— Et ça, qu'est-ce que c'est ? demande-t-il, frôlant de l'index les deux rides qu'a creusées l'angoisse entre les sourcils de Saffie.

— Ça, dit Saffie, c'est la trace de mon père.

La phrase lui échappe. Elle est choquée. Comment a-t-elle pu dire cela ? Maintenant il va falloir expliquer. András attend. Alors, elle ajoute, bredouillant un peu au hasard :

— C'est parce que mon père il travaillait chez Bayer pendant la guerre, alors chaque fois que j'ai mal à la tête je pense à lui.

András sent le mensonge. Il a un sixième sens en la matière. Ne sait dans quelle partie de la phrase se tapit le serpent, sait seulement qu'en ce moment il s'éloigne de Saffie à toute vitesse, tel un météorite en chute libre dans l'espace. N'a nulle envie de l'interroger.

— Bayer ? répète-t-il d'une voix vide, s'accrochant de façon arbitraire au nom propre.

— Oui, oui... tu sais, à Leverkusen, la grande usine chimique... Comme il s'intéresse au... à... l'anesthesia ? pour tuer la douleur... un ami le fait entrer chez Bayer, donc il ne fait pas son service militaire. Je veux dire, c'est ça son service, au lieu d'aller sur le front de l'Est, à cause de son oreille qui n'entend pas.

Elle dérive, Saffie. Elle fuit. András n'entend plus ses mots, seulement le bruit de sa fuite.

— ... C'est pour ça qu'en quarante-cinq, on ne peut pas partir. Tu comprends ? Jour après jour les Russes approchent et tout le monde quitte la région, des milliers de... *Flüchtlinge*, des gens qui s'enfuient dans le froid et la neige, en train, en luge, à pied, avec rien, affamés, les enfants et les vieux qui tombent morts sur la route, les chevaux qui tombent morts, les mères qui accouchent dans la neige sous les yeux de leurs enfants, les gens se traînent d'ici à là et de là à ici (il sait tout cela, András, et Saffie sait qu'il le sait, pourquoi alors le lui raconte-t-elle ?), mais nous on doit rester dans notre maison parce que mon père est en vie, il va revenir, et si on part comment il fera pour nous retrouver ? Alors on reste, on l'attend, et puis, enfin... en septembre, il revient.

Les mâchoires serrées, András quitte la pièce. Revient un peu plus tard avec une tisane au miel.

— Repose-toi, lui dit-il. Il y a un peu de soleil, je fais un promenade avec Emil. On va à la Seine pour jouer sur la toboggan de sable. Dors, Saffie.

Ils courent le long des quais en se tenant par la main, le grand blond et le petit brun – puis, hissant Emil sur ses épaules, András sautille avec lui, chantonne, invente une comptine :

Mon papa
est un bourgeois
Ma grand-mère
est propriétaire
Et moi et moi et moi ?

— Moi j'aime le chocolat ! s'écrie Emil en riant aux éclats, et ils recommencent. L'enfant n'a pas trois ans.

Mon papa ? un sale bourgeois !
Ma grand-mère ? Une grosse propriétaire !
Et moi et moi et moi ? J'adore le chocolat !

Ils inventent d'autres variantes, tout en escaladant la montagne de sable et en dévalant la pente sur des boîtes en carton aplaties.

Plus tard, en rentrant à la maison avec Saffie, Emil répétera la comptine. Mi-choquée, mi-amusée, Saffie rit en se couvrant la bouche. Elle lui dit de ne jamais au grand jamais chanter cela à la maison, devant son père. Elle serre son fils contre elle tout en marchant.

— Viens, mon grand...

Emil grimpe tout seul maintenant, quoique à quatre pattes, les marches au début du pont des Arts.

— Tiens, regarde...

Saffie retire de son sac la patte du caniche en peluche.

— On va voir si ça flotte, d'accord ?

— Oui ! dit l'enfant.

— C'est toi qui le lances ou c'est moi ?

— C'est moi !

— D'accord, vas-y !

La patte tombe à pic, glisse sans éclaboussure dans les eaux vertes et huileuses de la Seine, remonte à la surface.

— Ça fotte ! Ça fotte, maman !

— Ou lui dit au revoir, à la peluche ?

— Au voi, pluche ! Au voi !

— Et bon voyage !

— Et bon ovage !

14

En décembre 1960 de Gaulle part faire une tournée en Algérie qu'il prévoit triomphale, car il a promis au peuple français un référendum sur la question algérienne pour le mois suivant. Mais, partout où il va, des pieds-noirs en fureur manifestent contre lui, et à Alger des soldats nerveux tirent sur la foule, faisant cent morts et mille cinq cents blessés. Dépité, le président se voit contraint d'écourter sa visite.

Décidément, la situation dégénère. Elle s'empirera encore avant de s'améliorer, avant de dégénérer à nouveau, et caetera.

Le Prince-de-Sicile fête ses trois ans.

Saffie et András estiment enfin qu'il est devenu trop grand pour assister, même par l'ouïe, à leurs ébats. Alors il va jouer dans la cour, pendant que maman et Apuka sont occupés derrière la couverture rouge. Il a tant d'amis dans l'immeuble qu'il ne reste jamais longtemps seul.

Un jour, cependant, il découvre qu'il n'a pas que des amis. C'est un samedi matin, il aide Mme Blumenthal à monter ses courses dans les cent dix-neuf marches de l'escalier, et soudain – martèlement de pieds, bousculade – une grappe d'adolescents en kippa, au retour de la synagogue, se met à grimper l'escalier quatre à quatre derrière eux. Au moment de les dépasser ils susurrent à l'oreille d'Emil : « Boche, Boche, fils de Boche, sale nazi, salopard, fils de pute... »

Emil ne comprend pas.

Il pose la question à sa mère plus tard, sur le chemin du retour.

— C'est quoi un Boche ?

— On t'a traité de Boche ?

— Oui.

— Ne fais pas attention, Schatz. C'est des gens bêtes qui parlent comme ça. Ils pensent qu'on est gentil si on vient de leur pays, et pas gentil si on vient d'ailleurs. C'est bête, tu comprends ?

— Mais Apu il fait ça aussi.

— Comment, Apu il fait ça ?

— Il dit que papa est bourgeois.

Saffie pouffe de rire.

— Ça n'a rien à voir ! dit-elle. Bourgeois, ce n'est pas un pays. Et puis, c'est pour rire qu'András dit ça. Pour de vrai il est gentil, ton père.

— Moi, j'aime mieux Apu.

— Oui, moi aussi...

— Et propriétaire, ça veut dire quoi ?

— Allez ! dit Saffie en riant à nouveau. Tu ne la connais même pas, ta grand-mère, tu ne devrais pas te moquer d'elle !

— Mais c'est quoi ?

— Rien, c'est la même chose que bourgeois, c'est quand on est riche et qu'on ne partage pas son argent avec les pauvres.

— C'est méchant.

— Écoute, j'ai les pieds glacés, on fait la course ? Le premier qui arrive au lampadaire !

À Paris, chaque nuit ou presque de l'année 1961, les policiers font irruption dans les cafés ou hôtels fréquentés par des Algériens et, les poussant à la pointe de leur mitraillette, les font descendre dans les caves ou sortir dans la rue, même en pyjamas, même en plein hiver. Ceux qu'ils arrêtent sont emmenés ensuite au commissariat ou bien dans des casernes de la proche banlieue, où des harkis prennent le relais. En effet, le préfet de police a mis en place pour ce délicat travail une force auxiliaire composée exclusivement de harkis parce que, non contents de cogner sur les hommes, ils savent les injurier en arabe, pour être bien sûr que l'âme soit saccagée en même temps que le corps.

Quand ce ne sont pas les harkis qui harcèlent la population algérienne de Paris, ce sont les cadres du FLN. Rachid, par exemple, la harcèle. Son travail consiste à faire chaque mois le tour des *moussebilates* pour rassembler les cotisations. C'est pour la guerre de libération. C'est obligatoire, t'as pas le choix, tu donnes, voilà. Quatre cent mille travailleurs algériens cotisent. À eux tous, ils versent à la bonne cause plus de cinq milliards de francs par an (depuis l'an dernier il faut préciser : anciens francs). Les ouvriers, c'est trois mille cinq cents par mois, plus un « don » de cinq cents. Les femmes du trottoir, c'est selon. Barbès c'est trente mille, Pigalle soixante, place Clichy quatre-vingts et les Champs-Élysées, cent mille. Les Champs, c'est spécialement satisfaisant pour l'esprit. L'argent sort du portefeuille d'un riche Français et se met à circuler, passant de la pute à la *moussebilate* et de la *moussebilate* à Rachid, qui le fourre dans une vieille valise cabossée avec des milliers d'autres billets en vrac et le cache chez András, où de bons militants de gauche français viennent le chercher et l'emportent chez eux, le comptent soigneusement, l'épinglent en paquets et le remettent à M. C., qui le porte en boîtes Dior jusqu'à une grande banque suisse ayant des bureaux à Paris, où un agent le fait transférer par télex à Genève, où, grâce à la complaisance d'un banquier suisse qui se trouve être un ancien nazi, Mme C. le retire et, se rendant dans un hôtel quatre-étoiles, le remet à des militants FLN déguisés en émirs du Soudan, qui, après avoir bu quelques bouteilles de champagne pour tromper leur monde, transforment l'argent qui reste en fusils-mitrailleurs destinés à faire sauter la cervelle des Français là-bas, en Algérie. C'est pur plaisir...

À la mi-juin 1961, dans le sous-sol d'un commissariat de la ville de Paris, deux policiers en fureur s'emparent des belles mains basanées de Rachid et en brisent tous les doigts, articulation par articulation, à coups de marteau. Puis ils le relâchent...

Elles ne lui serviront plus à rien, ses mains. Elles ne pourront plus porter des valises. Elles ne tiendront jamais un bistouri.

Cela vient d'avoir lieu quand Saffie voit Rachid pour la deuxième fois. C'est le soir de la Saint-Jean, Raphaël est déjà à Nice. Le ciel de Paris est bleu-mauve strié de rose, l'air est tiède et parfumé, et Bill, le sax ténor, a réuni quelques amis dans la cour du luthier pour faire un bœuf. Comme il leur manque un batteur, András a demandé à Emil de taper sur la poubelle métallique avec deux cuillers en bois. Attirés par l'étrange boucan, des gens dans la rue – prostituées du 34, clients rassasiés de chez Goldenberg, adolescents désœuvrés – passent la tête puis tout le corps par la porte cochère ; même Mme Blumenthal, au sixième, ouvre grande sa fenêtre pour écouter.

Rachid est accroupi à l'écart, dans un coin sombre de la cour. Ses mains, enveloppées de bandages blancs, pendent inutiles entre ses cuisses. Le reconnaissant, Saffie pose par terre le plateau de verres de thé qu'elle était en train de distribuer, et se penche pour lui parler.

— Vous avez soif ? dit-elle, indiquant d'un geste qu'elle peut lui porter le verre aux lèvres.

— Merci, acquiesce Rachid en baissant les yeux.

Alors, s'accroupissant à son tour, l'Allemande donne à boire à l'Algérien dans la cour du Hongrois, au milieu des riffs de jazz syncopés des Afro-Américains.

L'été est chaud. En métropole et outre-mer la violence prolifère. Donnant donnant donnant donnant, le cycle d'attentats et de représailles s'intensifie, semble ne jamais devoir s'arrêter, bing ! un policier assassiné par un musulman, bang ! trois musulmans abattus par des policiers, bong ! OAS, bang bang ! FLN. Atrocités et contre-atrocités, épouses de policiers qui pleurent, mères de soldats qui pleurent, Hortense de Trala-Lepage qui pleure (elle sait, depuis le référendum de janvier, que les jours de ses vignobles algériens sont comptés), meurtres et mutilations, courses folles, balles dans le ventre et dans la tête, visages défoncés, gorges coupées, youyous sans fin de femmes arabes, piaillements terrorisés d'enfants arabes, récoltes saccagées, villages rasés, jeunes corps d'hommes blancs et basanés humiliés, démembrés, tués, enterrés, pleurés – la vieille si vieille histoire que nous nous plaisons à appeler « les nouvelles ».

Pendant ce temps, Saffie joue avec Emil dans l'eau turquoise de la mer Méditerranée, laisse le soleil basaner sa peau blanche, s'endort sous les palmiers.

À table un soir, tout en découpant le rouget aux tomates et aux poivrons que Saffie a cuisiné pour leur repas, Raphaël dit à Emil :

— Alors mon garçon ! Tu es grand maintenant, hein ?

— Oui, papa, répond Emil avec tolérance. Il n'aime pas que les adultes adoptent pour lui parler un ton d'adulte-parlant-à-un-enfant.

— Il serait temps que tu ailles à l'école, non ?

Saffie, qui vient de détacher de ses lèvres un verre de vin blanc, le renverse sur la nappe.

— L'école ? Mais il est trop petit ! dit-elle, tellement déconcertée qu'elle ne se lève même pas pour aller chercher l'éponge.

— Pas du tout ! dit Raphaël en souriant. Je ne sais pas comment ça se passe en Allemagne, mais en France les enfants sont pris en charge par l'État à partir de trois ans. Et toi, tu as quel âge, mon brave ?

— Trois ans et demi, daigne répondre Emil, agacé qu'on l'oblige à ânonner un fait connu de tous.

— Trois ans et demi ! Dis donc ! Tu es presque un jeune homme déjà ! (Il ébouriffe la noire tignasse de son fils, qui doit prendre sur lui pour ne pas s'arracher à ce contact.) Il est grand temps que tes petites fesses découvrent la dureté des bancs !

Saffie s'efforce de dissimuler sa panique.

— C'est... c'est nécessaire ? balbutie-t-elle.

— Obligatoire, tu veux dire ? Non, ça ne devient obligatoire qu'à six ans. Mais sincèrement, je trouve que ça lui ferait du bien de fréquenter des enfants de son âge. D'autant qu'il n'aura pas de frères et sœurs...

Il lance à Saffie un regard empreint de tendresse, pour être sûr qu'elle ne prenne pas cela comme un reproche.

— Ce n'est pas bien qu'il passe *tout* son temps avec ses vieux parents, achève-t-il en commençant à manger, même si ce sont des êtres à tous égards remarquables.

Emil sait qu'il ne faut remettre en cause aucune partie de cette phrase de son père.

— Je ne veux pas ! déclare brutalement Saffie, sans avoir trouvé la réponse au « pourquoi » de Raphaël qui ne peut manquer de s'ensuivre.

— Mais pourquoi ? dit Raphaël.

— Parce qu'on se promène, suggère Emil.

— Oui je sais bien, dit Raphaël. Délectable, ce rouget, un vrai régal. Mais, comme dit le Herr Doktor Freud, on ne peut pas passer sa vie à se promener avec sa maman. Un peu de principe de réalité, que diable ! C'est à ça que servent les pères.

Saffie a trouvé la réponse, grâce à l'intervention d'Emil.

— Je ne peux pas me promener seule dans Paris, dit-elle. Tu sais... les hommes... ils respectent les mères, mais... Et puis, ça me fait tant de bien pour ma santé... Et on apprend mille choses, tu sais... sur l'histoire de France... sur les arbres... C'est encore mieux que l'école !

Elle s'accrocherait à n'importe quoi, Saffie. Emil est son prétexte ; son alibi ; le sine qua non de ses amours avec András. Emil est leur otage. (Que pense-t-elle faire dans trois ans ? Elle n'y pense pas. La vie dans l'amour fou est une série de maintenant, étayée par un passé soigneusement censuré et par un avenir nébuleux.)

Perplexe, Raphaël finit par céder, convaincu moins par les arguments de Saffie que par le fait, rarissime, qu'elle ait exprimé avec force un désir.

Il cédera encore, avec plus de résistance, à l'été 1962. Et encore, avec une réelle inquiétude, à l'été 1963.

Emil n'ira pas à l'école.

Arrive le mois d'août, et la famille Lepage réintègre Paris. Le père s'enferme pour préparer un enregistrement historique : l'intégrale des *Sonates pour flûte et clavecin* de Bach, avec la grande claveciniste Sonya Feldman.

La mère et le fils se donnent la main et courent, courent, courent ensemble vers le pont des Arts.

La concierge, debout à sa fenêtre au rez-de-chaussée, un verre de pastis à la main, les voit passer et hoche la tête en souriant. Tant mieux si Mme Lepage est en forme ! Elle-même, Mlle Blanche, souffre depuis quelque temps d'une phlébite, et tout déplacement lui est devenu pénible. Le matin, il lui faut prendre l'ascenseur non seulement pour monter mais pour descendre, étage par étage, avec le courrier.

— Tu as vu, chez toi ? dit András à Saffie tandis qu'ils se rhabillent après l'amour, après le thé, après l'amour encore.

— Chez moi ?

Saffie pense à la rue de Seine et se demande ce qu'András peut bien vouloir dire.

— À Berlin.

— ... ?

Elle hoche la tête, non.

— Saffie... Tu n'es pas au courant ?

— Non.

Son sang arrête de circuler dans son corps et chute, se transformant en plomb dans ses doigts et dans ses pieds. *Chez toi – à Berlin* – elle ne parle pas cette langue-là.

— Ils ont fait un mur pour couper la ville en deux. Trop de gens sortaient de l'Est pour aller dans l'Ouest. Plus de trente mille depuis le début de l'été. Plus de deux millions depuis quarante-neuf.

— Un *mur*... ?

— Oui. Il traverse toute la ville. Avec des barbelés, des gardes, des mitrailleuses... beaucoup de jolies décorations.

— Non... arrête...

— Tu veux jamais savoir *rien*, Saffie ? Même sur ton pays ?

— Je suis française, dit Saffie d'un air bête et buté.

— Ah ! d'accord. Toi tu es française et moi je suis chinois. (Il lève la main gauche au bout de son bras tendu.) Vive Mao Ze-dong !

— Non, dit Saffie, tu n'es pas chinois, tu es communiste. Mais ça ne marche *pas*, ton système. Pourquoi tu as quitté la Hongrie alors, si tu aimes tellement le communisme ? Pourquoi les gens dans l'Ouest ils n'essaient pas d'aller dans l'Est ? Ou alors dans le beau paradis marxiste que tu prépares pour eux en Algérie ?

— *Ech* ! dit András, hochant la tête avec sarcasme. Toutes ces années, Mme Lepage elle me cache sa tête politique ! Moi je pense qu'elle lit même pas les journals, et en fait elle donne des cours de sciences politiques à l'université ! Il faut l'applaudir, Mme Lepage !

— Tu te moques quand tu te sens coincé, dit Saffie, non sans raison. Oh ! j'en ai *marre* ! Toujours la guerre, *la guerre, LA GUERRE !*

Elle se lève pour partir.

— Non... Saffie... Pardon. Je veux te montrer quelque chose. Viens.

Il lui baise les mains. Va dehors appeler Emil.

Une heure plus tard, ils se tiennent tous trois sur un pont métallique qui enjambe le boulevard périphérique à l'ouest de Paris.

Cette fois, à la différence du jour où il a obligé Saffie à affronter la rue des Rosiers, András n'a pas besoin de lui dire : *Regarde*. Elle regarde.

Ce qui s'étend sous leurs yeux, de l'autre côté du boulevard, brun et gris et noir à perte de vue, ce n'est ni Bombay ni São Paulo, c'est Nanterre, proche banlieue de la Ville Lumière. Population musulmane à près de cent pour cent. Toits en tôle maintenus en place par de gros cailloux ou des bacs en plastique. Murs de parpaings. Carcasses de camions et de wagons arrachés à la ferraille. Épaves de voiture. Chiens errants. Débris et détritus. Boue partout. Linge qui pend. Flaques d'eau couvertes de mouches.

Les hommes qui réparent en ce moment les rues de Paris reviennent ici le soir pour manger et dormir. La plupart d'entre eux n'ont ni femme ni enfant mais certains si, certains logent aussi leur famille dans ces clapiers, ces masures, ces cabanes croulantes, ces baraques de ciment, ces cubes bricolés avec des briques. Ils vivent à six ou sept par pièce (sans compter les rats), entassés à deux ou trois par lit. Deux cent cinquante familles disposent d'un seul point d'eau.

Tel un mirage dans le Sahara, la scène tremblote et miroite sous le soleil féroce. Saffie regarde, une main en visière sur le front. Et András, la regardant regarder, sent que quelque chose va se passer.

— Emil, dit-il, emmenant le garçon un peu plus loin sur le pont. Tu sais un bon jeu ? Tu ramasses des cailloux et après, tu les jettes sur les autos en bas.

— Je peux, maman ? demande Emil, osant à peine y croire.

— Bien sûr tu peux maman, dit András. Mais seulement *une* à la fois, d'accord ? Et à la fin, tu nous dis combien d'autos tu as tuées.

— D'accord !

— Sans tricher, hein ?

— Oui... euh... non !

András retourne aux côtés de Saffie et attend. Il faut qu'elle parle. Il faut que ce soit elle qui parle.

— Tu comprends, András, dit-elle enfin, le mur de Berlin, ça ne change rien. Nous les Allemands, on a tous un mur de Berlin dans la tête. Depuis la guerre... et même avant... Pour moi, depuis toujours. Un mur entre ce qu'on peut dire et ce qu'on ne peut pas dire... Entre les questions qu'on a le droit de poser... et les autres.

András garde le silence. Combien de fois a-t-il gardé le silence, maintenant, avec Saffie ? Combien de fois a-t-il jugé préférable de se mordre la langue pour la protéger, sous prétexte qu'elle était jeune et fragile ? Et là, devant le spectacle navrant de la misère des Algériens, elle ne trouve encore qu'à lui parler de *sa* souffrance...

— Mon père, à Tegel en 1946, ma mère est morte déjà, ils font une *Spruchkammer* pour le juger. Tu sais. Le tribunal pour voir si on était nazi. Ça ne prend aucun temps, en deux heures il est... *unbelastet*, on dit qu'il était seulement... *Mitläufer*, un suiveur.

András croit rêver. Il le sait, depuis le premier jour il le sait, que le père de Saffie était un bourreau, un nazi, un criminel, qu'il a participé au pire. Il n'a aucune envie de connaître le détail des abominations dont elle porte le poids, toujours son poids à elle ! Un instant, il est sur le point de l'interrompre et même de l'invectiver... mais, soudain, il s'aperçoit du changement dans sa voix.

La belle voix grave et rauque de Saffie a cédé la place à une voix qu'il ne reconnaît pas, une voix atone et comme exsangue, étrangement désincarnée : oui, cette voix est presque une chose, presque un objet dans le monde, métallique et indifférent comme le pont sur lequel ils se tiennent debout... Surtout, ce n'est pas à lui qu'elle s'adresse.

— Mon grand frère, celui qui était dans les Hitlerjugend, peu à peu il devient fou. En 1953 on le met dans un... Asyl. Et l'année d'après, Frau Silber part vivre à Köln avec sa sœur. Alors moi je suis l'aînée et en 1955, quand mon père a une attaque du cerveau, c'est moi qui m'occupe de tout. J'ai dix-huit ans, c'est ma dernière année au Gymnasium, les médecins disent qu'il va mourir, peut-être un mois, peut-être un an, il faut mettre l'ordre dans ses affaires. Vati ne peut plus marcher ou parler mais il est là, complètement là, ses yeux protestent comme pour exploser, il est furieux de voir la mort venir, furieux, il a cinquante ans seulement. Je fais tout, comme pour Emil, je l'habille et je le déshabille, je le nourris et je l'essuie, je lui lis le journal, je range ses affaires, *alles ist in Ordnung*.

Je connais, se dit András. Je connais. C'est là que, tombant des nues, la jeune fille découvre la carte d'adhésion de son papa aux SA, le livret de famille avec l'arbre généalogique prouvant qu'ils sont aryens jusqu'à la troisième génération, et qu'elle se dit : « Comment ? Lui ? Mon gentil Vati qui aimait tellement les animaux ? Impossible ! » Et caetera.

Mais la voix robotique de Saffie part dans une direction inattendue.

— Un matin, je descends chercher le courrier et il y a une lettre de M. Ferrat, mon prof de français d'avant. Il est rentré en France, à Lyon, et il m'envoie une lettre. Ou plutôt cinq. Pas de lui. De la firme Bayer. Il sait que mon père était à Leverkusen. Les lettres sont publiées en France, dans un journal, et il m'envoie juste ça, la page du journal en français, avec les lettres de Bayer à Auschwitz. Je les connais par cœur. Les expériences pour les somnifères. La commande de cent cinquante femmes. Le chipotage sur les prix. La livraison reçue. Les femmes sont un peu maigres mais on les accepte. On a fait l'expérience. Ça s'est bien passé, merci. Toutes les femmes sont mortes. On reprendra contact avec vous.

La voix de Saffie s'éteint. Le seul bruit est le vrombissement incessant, angoissant, des voitures sur le boulevard au-dessous, s'approchant, passant en trombe et s'éloignant... András a fermé les yeux. Ses mains serrent le garde-fou du pont comme si elles voulaient le briser. Toujours, aussi longtemps qu'il sera en vie, il y aura une histoire qu'il ne connaissait pas. Chaque fois il pense avoir fait le tour et puis non, il y aura toujours quelqu'un pour venir lui raconter encore un autre drame, une autre horreur, c'est littéralement inépuisable. Quelle aubaine pour les romanciers, cet Hitler !

— Je lis ça, reprend obstinément Saffie, et je ne sais pas. Je ne sais rien. Je monte voir mon père. Il est assis dans son fauteuil. Je mets la page devant ses yeux, il a les yeux verts comme moi, sa vue est bonne, je le vois lire et s'arrêter de lire, je dis : Alors ? Tu savais ? Tu le savais, ça ? C'est ta spécialité, les somnifères, on t'a parlé de ces expériences ?

Pas une seconde, en parlant, Saffie ne détourne les yeux de l'immonde panorama des bidonvilles de Nanterre. Pas une seconde sa voix ne dévie de sa ligne de notes égales, gris métal.

— Tu savais ? Je crie. Je lis les lettres tout haut, près de son oreille droite, en criant. Je le prends par les épaules, je le secoue, je le pousse. Il est en pierre. Lourd et rigide, un bloc de refus. Même ses yeux ne bougent plus. Et le soir il est mort.

Saffie a-t-elle vraiment crié ce jour-là dans l'oreille de son père ? Elle ne le sait plus. Il lui semble se souvenir que oui, qu'elle a crié, ou au moins récité, au moins lu les lettres à haute voix, mais elle n'en est plus tout à fait sûre.

— Quatre ! s'écrie Emil en courant joyeusement vers eux. J'ai tué *quatre* autos, Apu !

— Quatre, tu as tuées, murmure András, exténué. Oui mais quelle couleur ? J'ai oublié de te dire, il y a plus de points pour les rouges que pour les bleues.

Oui. Une fois de plus, András se tait.

Dans le bus qui les ramène à Paris, il met un bras autour des épaules rigides de Saffie et lui souffle à l'oreille :

— Comme ça, les Allemands aussi, ils chipotent les prix... C'est pas bien, tu sais. Si même les Allemands se mettent à chipoter les prix, qu'est-ce qui reste pour nous les juifs ?

Mais Saffie ne rit pas de sa plaisanterie, et lui non plus.

La fois suivante, la prochaine fois qu'ils se retrouvent nus ensemble dans un lit, András ne peut pas. Les corps s'empoignent, se tordent et transpirent, échouent à s'accoupler.

Et la fois d'après (Emil est absent, il est en haut chez Mme Blumenthal, en train de s'empiffrer de bonbons et de jouer avec le chat en écoutant poliment, sans y comprendre grand-chose, le récit en yiddish de sa triste vie) –, la fois d'après, du cœur même de leur étreinte, qui n'est plus une simple intrication de membres mais aussi de noirs souvenirs, de haines et de pertes, surgit la violence : ils font l'amour et en même temps, du plat de sa main gauche, avec lenteur, avec délibération, András la frappe. La paume d'András tombe et retombe sur le visage de Saffie et Saffie ne se débat pas, ne fait pas le moindre mouvement pour s'esquiver, au contraire, elle s'offre et s'offre sans réserve à son amant, sans rien garder pour elle-même ni pour son mari ni pour son enfant. Au fond, il n'y a pas de raison que cela s'arrête avant la mort – avant que, emprisonnant le cou de Saffie entre ses mains grandes et fortes d'enfant martyr grandi, martyrisant en elle son père sourd et apoplectique, le peuple allemand sourd et apoplectique, les SS et les Croix fléchées, la voisine catholique de Buda qu'un jour il a vue cracher sur sa mère, et surtout, surtout, sa propre lâcheté et sa propre impuissance, il n'étrangle Saffie en éjaculant en elle son âme à l'agonie. Oui ils auraient pu aller jusque-là, je crois, en cet après-midi incandescent du mois d'août, seuls au monde, pantelants, hoquetant et baignés de sueur, glissant ensemble, consentants, dans un abîme de silence et de folie... mais ils ne l'ont pas fait.

15

L'automne arrive et il est chaud comme l'été. De même que la Seconde Guerre mondiale avait coïncidé en Europe avec une série d'hivers d'une rigueur sans précédent, de même, maintenant, les températures restent aussi brûlantes que la situation politique : comme si, dans des moments extrêmes, s'instaurait entre le cosmos et les petites affaires des hommes une harmonie étrange. Tendues et torrides, les semaines de septembre s'égrènent, et l'arrivée d'octobre ne change rien à l'affaire : les arbres gardent obstinément leurs feuilles, le sang coule, les Parisiennes se promènent en robe d'été, dix Algériens mordent la poussière pour chaque policier abattu.

András et Saffie n'ont jamais été aussi proches. Sans qu'ils aient abordé une nouvelle fois le thème de leurs allégeances politiques, ils se comportent comme si tout différend entre eux avait fondu – purgé, catharsisé si l'on ose dire par la violence érotique. Saffie se sent délestée du poids de son enfance comme par dix ans de psychanalyse. Elle est légère, tendre, rajeunie – et attentive, aussi. Le monde qui l'entoure commence enfin à pénétrer en elle : par la vue, l'ouïe, l'odorat, mais surtout par les paroles d'András.

Elle l'écoute.

Aujourd'hui, le 8 octobre, il parle fort et vite, à tort et à travers, en arpentant fébrilement l'atelier. Emil, qui lui avait sauté au cou en arrivant – « Apuka ! Edesapa ! » –, a été posé par terre et renvoyé sans ménagement dans la cour.

À dire vrai, András crie plutôt que de parler. Il dit que non. Il dit que ça – que ça – que là, les Français vont trop loin.

— Saffie, tu sais ce que ça veut dire, un couvre-feu ?

Saffie le sait, mais doute que ses souvenirs d'enfance allemande soient les bienvenus dans ce contexte.

— Un couvre-feu rien que pour les musulmans. *Vingt ans* seulement après le couvre-feu pour les juifs. Pareil ! Pareil ! Sauf que huit heures et demie pour les musulmans et huit heures pour les juifs. Pour que le juif il se prend quand même pas pour un musulman ! Mais pareil. Tu sais pourquoi elle est toute seule, Mme Blumenthal ? Parce que son mari il a fait les courses à six heures du soir, les juifs ils avaient le droit seulement entre quatre et cinq – et hop ! arrêté, M. Blumenthal, Drancy, Buchenwald, Paradis ! Les musulmans ils travaillent la nuit, ou leur maison est loin de leur travail, ils rentrent tard, quand est-ce qu'ils font les courses ? Et tu as vu Nanterre ! Dehors, au café, dans la rue, c'est leur seule vie... Maintenant, si un flic les voit après dix heures – hop ! arrêtés. Et après ? On accepte ça, et après ?

András crie, gesticule, dégouline de sueur.

— Calme-toi, mon amour... tu vas trop vite...

— *Moi* je vais vite ! Pas assez ! Les Français vont plus vite, beaucoup plus ! Demain, Saffie, on va dire aux musulmans, venez gentiment acheter vos croissants au commissariat.

— Vos croissants... ?

— Oui ! les croissants d'Islam, pour mettre sur leur bras comme l'étoile jaune.

— Non...

— Non, tu as raison, c'est pas la peine. On les voit tout de suite, les musulmans, c'est pas comme les juifs qui se cachent derrière un visage blanc normal. *Saffie...*

— András...

— *... Je m'en vais !*

Saffie étudie, sur l'établi d'András, une anche de hautbois qu'il vient de tailler. Ses yeux caressent et recaressent la forme et le grain de la languette, sa lisse blondeur : est-il en roseau ? András l'a dit à Emil l'autre jour, mais elle ne se rappelle pas.

— Je rejoins Rachid et les frères... quelque temps... j'essaie de les aider...

Fermant les yeux, Saffie croise les bras sur le ventre et se penche lentement en avant jusqu'à ce que son front touche ses genoux.

— *Écoute,* Saffie. Tu dois comprendre ! Je dis que les gens ils ont laissé faire les nazis, ils ont pas remarqué les six millions de morts – « Je savais pas ! » – « On savait pas ! » – *Scheisse,* Saffie ! *Moi je sais !* Je sais ce qui se passe ! Autour de Paris, déjà, les camps de concentration pour les musulmans !

Saffie se balance en gémissant doucement, comme Frau Silber le soir où elle a perdu sa fille Lotte.

— Pendant l'Occupation, il y a une couple... *Écoute-moi, Saffie...* (Il s'agenouille près de sa chaise.) *Arrête* de croiser tes bras ! *Arrête* de fermer tes yeux ! Cette couple, ils sont doués pour les fichiers. C'est eux qui donnent l'adresse des juifs à la police. Ils font du bon travail. Quatre mille déportés en mai 1941. Treize mille en juillet 1942. Déportés *d'ici,* Saffie ! Tout le Marais vidé ! Tu te demandes pas pourquoi il y a les rues mortes, les maisons fermées, les fenêtres bloquées, les magasins en ruine ? *Dix-sept mille juifs,* d'abord dans le fichier de cette couple, ensuite sous la douche ! Zyklon B ! Après la guerre on les trouve, cette couple, on les arrête, on les condamne à prison à vie.

— Mais ton travail, András... dit Saffie d'une petite voix piteuse. Comment feras-tu ?

— *ÉCOUTE-MOI !*

La saisissant par les épaules, il la force à le regarder dans les yeux, où l'ardeur amoureuse le dispute à l'ardeur militante.

— Écoute. Cette couple, c'est Rachid qui m'a dit. Ils sont sortis de taule l'année dernière. Pourquoi ? Parce qu'on a besoin d'eux pour ficher les musulmans. Tu comprends, Saffie ? *Ça continue !* Les rafles, les ratonnades, c'est les mêmes *Scheisskὃpfe* qui les font ! Les gens qui torturent à Algérie, ils ont appris leur métier ici, avec la Gestapo !

Aux pieds de son amante, il tremble de rage contenue. Saffie pose sa tête sur la sienne et encercle légèrement ses épaules de ses bras. Sentir juste la chaleur et le poids du corps aimé avant qu'il ne s'éloigne d'elle, en direction du danger...

Emil, revenu dans l'atelier, demande timidement :

— Apu ? Qu'est-ce qu'il a, Apu ?... Il est malade ?... Il est tombé ?

— Non, non, lui dit Saffie... Apu va partir en voyage.

Emil connaît ça, les hommes qui partent en voyage.

— Tu m'apportes un cadeau de là-bas ? demande-t-il.

András ne répond pas. Il saisit l'enfant, l'écrase contre sa poitrine et se met à pousser de bruyants soupirs – jusqu'à ce qu'Emil, mal à l'aise, proteste en se tortillant et se libère.

La chaleur automnale persiste... et les sépare.

Combien de temps ? a voulu savoir Saffie, et, naturellement, András n'a pu lui donner de réponse.

Ils ont décidé qu'elle viendrait à l'atelier tous les mercredis matin, jusqu'à... jusqu'à ce que... jusqu'à ce que les choses... Le problème, c'est qu'il n'y a jamais eu d'avenir dans leur histoire. Il n'était pas prévu qu'ils aient besoin de se séparer, et donc de se contacter.

Il a la haine, András. Veut lutter maintenant. Y aller. Être là où ça se passe. Pas coupé, pas accroupi derrière un tas de charbon, dans une cave, pas préférant la facilité, le confort, la musique. La difficulté il veut, avec son corps. Rage, donner corps à sa rage. Être les mains de Rachid et des autres, avec eux, contre cette France. Contre les politiciens les policiers les paras les puissants convaincus de leur bon droit blanc de marcher sur la gorge d'un peuple brun. Être là. Le corps. Y va. Aide. Conduit la voiture – Rachid et Mohammed cachés à l'arrière, les flics ne contrôlent pas les Blancs au volant – la gare en bordure des bidonvilles et les accompagne. Y va. Un pied devant l'autre, András, Rachid et Mohammed, armés de métal et de plomb, forts pas faibles, forts de leurs certitudes, de leur autorité, de la révolution qu'ils portent. Le corps sert à quelque chose, peut infléchir l'Histoire. Maintenant. Maintenant on proteste. On se lève comme un seul homme. Levez-vous. Rachid sera sa langue et lui sera les mains de Rachid. Au volant et dans les bidonvilles. Levez-vous ! Il faut fermer boutique. Venir tous. S'insurger. Marcher. Être. Qu'on ne puisse pas dire de vous comme de nous : brebis soumises, partant de bon gré à l'abattage.

Les frères lui font confiance, au Hongrois. Voient ses mâchoires serrées comme celles d'un piège et entendent les mots pris dans ce piège, les mots non dits, les mêmes mots que les leurs.

Debout ! On leur explique : il faut qu'ils viennent. C'est le gouvernement qui veut. Les frères et sœurs ils manifestent au pays et nous on ne l'a jamais fait ! Regardez les doigts de Rachid, regardez-les, brisés, désarticulés, c'est de pire en pire, les perquisitions, les rafles, les frères tabassés, flanqués sur le ciment à Vincennes, torturés à la Goutte d'Or, mis nus, forcés de s'asseoir sur des bouteilles, balancés dans la Seine, on a peur d'être algérien dans ce pays, on a peur tout le temps – dans le métro, dans la rue, au café, au restaurant, en se réveillant le matin, au milieu de la nuit, les flics qui viennent chez nous, cassent nos portes, fracassent nos meubles, terrorisent nos femmes, déchirent nos fiches de paie et nos certificats de domicile...

Et en Algérie, combien de frères suppliciés, démembrés, massacrés, morts beaucoup. András lit les journaux. Il connaît les chiffres, comme pour son peuple à lui, les chiffres inouïs, inimaginables, il s'agit de les imaginer, un un un un, ne pas glisser dans la paresse de la pensée et parler en milliers, en dizaines et en centaines de milliers, mais se souvenir : chaque homme un enfant, chaque femme une veuve ou une mère en deuil, chaque tête éclatée un monde éteint, alors venez maintenant, il faut manifester contre le couvre-feu. András et les frères vont d'une venelle à l'autre, expliquent, obtiennent l'accord des hommes de Nanterre et de Gennevilliers, oui ils feront grève mardi, oui ils fermeront boutique, oui ils seront dans la rue, veut veut pas, avec leurs femmes et leurs gosses, oui ils obéiront aux consignes, suivront les instructions pour ne pas créer d'embouteillage, oui une marche pacifique, sans armes – pas même une lime à ongles, non, rien – et sans cris, sans youyous, dans la dignité.

Ils ont peur d'y aller sans armes. Ils ont raison d'avoir peur.

Le plus grand secret entoure l'organisation de la marche, ce doit être une surprise. Seuls sont autorisés à ne pas y aller les vieillards et les infirmes... et les militants FLN trop connus des services de la police.

Le premier mercredi, le 11 octobre, András parti depuis l'avant-veille seulement, Saffie revient rue du Roi-de-Sicile en sachant que c'est trop tôt. Néanmoins, c'est un choc.

Il lui a dit de se servir de sa clef, de passer du temps dans l'atelier avec Emil si elle en avait envie, mais c'est impossible. Déserté de la présence aimée, l'atelier muet et figé semble la narguer. Elle se tient immobile dans la cour, écrasée par la chaleur et aveuglée par l'étincellement des instruments dans la vitrine.

Reviens, Saffie ! dit l'abîme en lui ouvrant les bras. *Warum willst du nicht kommen ? Ich bin dein wirkliches Heim... In meinen Armen must du schön schlafen...* Dans mes bras tu dois t'endormir, je suis ton vrai chez-toi. La langue allemande se réveille dans son cerveau et la taraude, lui chante les berceuses sarcastiques de la folie : *Guten Abend, gute Nacht...*

— On peut manger une glace, maman ?

Dieu merci, il y a Emil. Il la ramène au réel. Son fils. Elle le regarde, pleine de reconnaissance. Les yeux vifs et malicieux, les boucles ébène en tire-bouchon (Raphaël dit qu'il faudra bientôt les lui couper), la petite main collante qui se glisse dans la sienne après les glaces à la vanille achetées chez Berthillon et mangées à l'ombre des sophoras quai de Béthune, sa petite bouche collante qui l'embrasse et s'écrie – exprès pour la distraire de sa détresse – « *J'adore* la glace à la vanille ! C'est presque aussi bon que toi ! »

Pour Emil, elle doit s'empêcher de partir à la dérive, céder au vieux vertige, redevenir ce qu'elle avait été avant András : fétu de paille sur les eaux noires de la tourmente. Pour Emil il faut rester ici, en France, en octobre 1961, et ne pas perdre pied.

Avec un sursaut de volontarisme qu'on ne lui a jamais connu, Saffie se met à écouter la radio. Elle s'imprègne des « nouvelles ». Se tient au courant des « événements ». Se dit qu'elle est plus proche ainsi d'András, et qu'il l'approuverait, sans aucun doute, s'il était là.

Le mercredi suivant, le 18 octobre, il y a un problème. Un grand problème.

La veille au soir, Raphaël était rentré tard d'une répétition, trempé jusqu'à l'os et bouleversé, bégayant de stupeur... Saffie qui l'attendait en faisant le repassage avait eu du mal à voir clair dans son récit : à dix-neuf heures il avait pris le métro porte d'Orléans, une petite pluie commençait à tomber mais tout était tranquille ; ressortant carrefour de l'Odéon vingt minutes plus tard, il s'était trouvé plongé dans un pandémonium indescriptible. Rideaux de pluie tombant d'un ciel noir – vagues de musulmans tourbillonnant et vociférant – sirènes et gyrophares – youyous assourdissants de milliers de femmes – grondements de tonnerre – pleurs d'enfants – fracas de vitrines brisées et de voitures renversées – craquement de crânes sous les matraques des flics – éblouissements de foudre révélant des visages en sang, des yeux fous de rage...

— À un moment j'ai été bousculé, dit Raphaël. Ma flûte m'a échappé des mains, et quand je me suis baissé pour la ramasser j'ai failli me faire piétiner par la foule. J'ai eu la peur de ma vie ! Je t'assure, Saffie, un instant j'ai cru que j'allais y rester...

Blanc encore, hébété, Raphaël avait pris la serviette de bain que lui tendait son épouse et, après s'être épongé le front, s'était laissé tomber sur le canapé. Il vivait et revivait la scène de chaos cacophonique, une torture pour ses oreilles avec les hululements stridents des femmes et des voitures de police, les slogans mille fois scandés – *« L'Algérie algérienne ! L'Algérie algérienne ! »* –, les corps galvanisés par la violence heurtant son corps, coudes genoux pieds têtes épaules confondus, tout bougeant à une vitesse démentielle – et puis, dans ses mains, dans son âme, l'affolante sensation de vide quand la Louis Lot dans son étui lui avait été arrachée et que, se baissant, il l'avait vue sous la mêlée, gisant dans la boue et l'eau ruisselantes du caniveau, poussée deçà delà par des pieds inconnus.

— Tu comprends, Saffie, avait dit Raphaël d'une voix basse et lente, comme dans un rêve, regardant toujours droit devant lui ce noir enfer de tout à l'heure, la musique c'est ma lutte à moi. Jouer de la flûte, c'est ma façon à moi de rendre le monde meilleur. C'est ce que je peux faire. Il y aura toujours des injustices, des révoltes et des guerres, des gens qui sont obligés de sacrifier leur bonheur présent pour que leurs enfants puissent espérer un avenir meilleur. Mais il faut aussi que le bonheur et la beauté soient *incarnés quelque part*, ici et maintenant. C'est un acte politique aussi, ça, de les offrir au monde. C'est même un devoir politique pour celui qui, comme moi, a été gâté par le destin, à qui la vie a tout donné : argent, santé, talent... Alors, quand j'ai senti que je perdais ma flûte dans le tumulte... tu comprends, c'était comme si j'avais tout perdu, le sens même de...

Saffie pourrait-elle être émue par ce discours ?

Elle ne l'a pas entendu. Elle n'écoutait pas Raphaël. Assise à ses côtés sur le canapé, elle lui caressait distraitement la main en faisant oui de la tête. Pendant ce temps, en elle, obsédante, lancinante, une seule question : « *Et András ?* »

Elle n'osait pas allumer la radio en présence de son mari : c'eût été comme déclarer tout haut son amour d'un autre – et Raphaël, trop choqué par ce qu'il venait de vivre, n'avait pas songé à allumer leur téléviseur tout neuf.

Le couple s'était mis au lit.

Nuit blanche pour Saffie.

Le lendemain matin : orage toujours, tonnerre et pluie glacée en même temps – et, dans l'appartement, un froid polaire. Impossible d'allumer les radiateurs, en raison d'une nouvelle grève des électriciens et des gaziers. Ni chauffage, ni TSF, ni café. Une fois de plus, on eût dit que la météo et l'actualité s'étaient donné le mot.

Grognon, maussade et mal en point, Raphaël était parti pour son studio d'enregistrement vers dix heures. Saffie et Emil, revêtus d'imperméables et de bottes en caoutchouc, avaient couru sous la pluie battante jusqu'au pont des Arts. Les y voilà.

Mais ils n'iront pas plus loin, car un cordon de police leur barre le chemin. La Seine, aujourd'hui, est interdite d'accès. Captant la tension de sa mère et celle de toute la ville tétanisée, Emil se met à pleurer.

— Mais il faut qu'on voie *Apu* ! dit-il aux policiers d'une voix plaintive. C'est *mercredi* !

Et, devant leur impassibilité tout allemande, se tournant vers Saffie :

— *Pourquoi* ils font ça, maman ?

— Je ne sais pas encore, dit Saffie. Attends un peu.

L'instant d'après, ses yeux sont attirés par une chose sur la rive, une chose boursouflée et violacée que les pompiers viennent de retirer de l'eau. Elle saisit Emil et presse fortement son visage contre son ventre, comme elle a vu faire à d'autres mères... avant... là-bas... chaque fois qu'il fallait empêcher les enfants de voir ce qu'elles venaient de voir.

— Tu sais, maman, dit Emil sur le chemin du retour, chaque fois que la pluie tombe sur mes joues, j'ai l'impression de pleurer. Toi aussi, quand tu étais petite ?

— Oui, *Schatz*. Moi aussi, quand j'étais petite.

C'est une chose curieuse avec les Algériens : ils ont de si jolies plages chez eux et ils ne savent pas nager ; c'est étonnamment facile de les noyer. Encore plus facile la nuit, bien sûr, et au milieu d'un orage violent. Et si d'aventure ils savent nager, on peut toujours accélérer le processus avec quelques balles de revolver bien placées.

Plusieurs dizaines d'Algériens sont morts de cette façon-là, à Paris et dans les banlieues ouest de Paris, dans la nuit du 17 au 18 octobre 1961. Morts noyés, avec ou sans balle dans la tête, comme le père d'András.

Quelques dizaines d'autres, dont Rachid, ont été retrouvés dans les bois qui enserrent la capitale : pendus à des arbres qui, jusque-là, avaient gardé toutes leurs feuilles et qui, cette nuit-là, les ont brutalement perdues. Morts étranglés, comme la mère de Saffie.

D'autres dizaines encore ont été battus à mort en plein cœur de Paris, à la Cité, dans les caves de la Préfecture de police.

Mais tous les manifestants musulmans de Paris et de sa banlieue ne sont pas morts cette nuit-là ; loin s'en faut. Plusieurs milliers n'ont eu pour tout dégât que leur carte d'identité déchirée. Onze mille cinq cent trente-huit n'ont été qu'arrêtés et conduits au Palais des Sports à la porte de Versailles. Là, on leur a simplement intimé l'ordre de passer, mains sur la nuque, entre deux rangées d'agents armés de matraques, de nerfs de bœuf, de gros souliers et de crosses de fusil. De ce fait, ils n'ont eu que le cuir chevelu éclaté, les tibias et les péronés brisés, les bras cassés, les rochers fracturés ou les dos bleuis ; et même ceux qui ont subi ce traitement à deux reprises n'en sont pas morts, pour la plupart.

Enfin, plusieurs centaines d'autres Algériens, cette nuit-là, ont disparu. Peut-être ne sont-ils pas morts, il faut toujours rester optimistes. Peut-être en avaient-ils assez de vivre dans leurs bidonvilles puants et ont-ils décidé d'aller se couler la vie douce à Tahiti. Ça aussi, c'est la France.

Le mercredi suivant, le 25 octobre, presque tous les cadavres musulmans ayant été repêchés, la Seine est rendue à ses riverains... Mais András n'a toujours pas réintégré son atelier de lutherie, rue du Roi-de-Sicile.

Le mercredi 1er novembre – enfin, enfin ! – il est là.

Il a vieilli de dix ans. Son visage est durci, marqué, parcouru de tics. Il serre les mâchoires et grince des dents sans arrêt, allume une cigarette sur l'autre. Les yeux baissés, la voix tremblant de rage, il décrit à Saffie les funérailles de Rachid auxquelles il a assisté la veille. Comme son corps avait été retrouvé nu, mutilé et sans pièce d'identité, il a été enregistré sous la mention « Inconnu musulman d'Algérie » et enterré, en même temps que six autres, dans la fosse commune 97 du cimetière de Thiais. (De toute façon elles étaient fausses, ses pièces d'identité ; il ne s'était jamais appelé Rachid.)

De ce que lui-même a fait, au cours des vingt-quatre jours qu'a duré leur séparation, András ne dira ce jour-là, et ne dira jamais, rien.

« Allez, ne pleure pas, comme dit la musique. »

16

Faibles nous sommes, et craintifs, et surtout las, las.

Aveugles et muets nous sommes, les yeux bandés par nos propres mains, la gorge obstruée par nos cris.

Nous ne savons guérir notre douleur, seulement la transmettre, la donner en héritage. Tiens chéri.

Nous avançons grotesquement, à cloche-cloche, écartelés : un pied dans nos petites histoires et l'autre dans l'Histoire du siècle.

C'est tellement dur d'être lucide... Lucide pour savoir quoi ? *Là, là* (le doigt pointé), regarde ! C'est *là* que tu n'aurais pas dû, *là* que le mal a commencé. Ce n'est pas lui que tu aurais dû rencontrer, c'est qui.

Arbitraire vertigineux de nos trajectoires. Fol enchevêtrement de nos mobiles. Kaléidoscope de nos malentendus.

Encore deux années passent, dans la petite histoire comme dans la grande.

La guerre a coûté la vie à trente mille Français et à près d'un million d'Algériens quand les accords d'Evian, en mars 1962, entérinent enfin l'indépendance de l'ancienne colonie.

Revient alors aux Algériens, comme il se doit, la jouissance de leurs terres, dont le domaine viticole créé à la fin du XIXe siècle par M. Trala, grand-père de Raphaël Lepage.

Éclate alors en Algérie une lutte à mort entre différentes factions militaires et politiques. L'économie est moribonde, les manifestations confuses et contradictoires ; les élections ne peuvent qu'être reportées. S'instaurera peu à peu, réalisant les prédictions de Saffie plutôt que celles d'András, une dictature bureaucratique et corrompue.

Des dizaines de milliers de harkis, probablement entre cent et cent cinquante mille, sont tués pour faits de collaboration. On les oblige à creuser leur propre tombe, comme les juifs de Berditchev. Avant de les tuer, on leur fait avaler leurs décorations militaires. On les châtre, on les charcute, on donne leurs membres à manger aux chiens.

Mais on ne tue pas que les harkis, il ne faut pas croire. À Oran, presque tout de suite après l'indépendance, il y a une ruée des Algériens pour s'emparer des maisons ; cinq à dix mille Français sont massacrés. S'entame alors, comme il fallait s'y attendre, un exode massif : tout au long de l'été 1962 les pieds-noirs paniqués quittent le pays, abandonnant tout ce qu'ils possèdent. Les juifs sont spécialement pressés de partir, ayant suivi les récentes péripéties de leurs coreligionnaires en Tunisie et au Maroc... Dans le quartier du Marais, les quelques milliers d'ashkénazes ayant échappé à la déportation sont bientôt submergés par les flots de nouveaux arrivants séfarades. Rue des Rosiers, le yiddish joue désormais des coudes avec l'arabe, et l'odeur du gefiltefisch guerroie dans l'air avec celle du falafel.

Au même moment, un certain ministre de la Culture volontaire et volubile décide de prendre en main ce coin du vieux Paris. Sa remise en valeur est ordonnée au mois d'août 1962 par la loi Malraux, et il s'ensuit un chamboulement spectaculaire. On ferme les bordels. On balaie les boutiques et les ateliers installés dans les cours des vieux hôtels. On procède au ravalement des façades, à la réfection des toitures et à la rénovation de la plomberie. Disparaissent, du coup, les rats ; apparaissent, du coup, des rats d'une autre espèce, les spéculateurs. Ces derniers prient les familles pauvres d'évacuer les lieux fissa fissa, leur coupant l'électricité et leur bouchant les W.-C. au cas où elles n'auraient pas compris. Plusieurs amis d'András sont chassés du quartier de cette façon ; Mme Blumenthal, la veuve du sixième, réussit à avoir sa crise cardiaque trois jours avant la date prévue de son expulsion. Les marchands ambulants meurent et ne sont pas remplacés. Des automobiles viennent se substituer aux carrioles et aux charrettes. Les bougnats et les livreurs de pain à glace sont rendus obsolètes par le chauffage central et les réfrigérateurs... Le Marais se civilise, s'embellit et s'embourgeoise, rejetant ses pauvres vers des arrondissements excentriques, bientôt les banlieues.

Mais, alors que s'étiolent et s'éteignent les commerces traditionnels, l'atelier de lutherie vents et bois prospère, jouit même d'une réputation excellente : c'est le genre de métier (artistique) que l'on souhaite promouvoir dans le nouveau Marais.

C'est Emil qui a le plus changé au cours de ces deux années.

Il a toujours le même corps frêle et le même regard noir aux reflets verts. Mais il a maintenant, de plus, un air inquiet. Et pour cause : cet enfant est en porte-à-faux avec la réalité. Comme sa mère, il vit une double vie – mais, là où les deux vies de Saffie s'ajoutent l'une à l'autre, celles d'Emil s'annulent. Il n'a rien, n'est rien. Personne ne s'est soucié de savoir qui il était, ce qui serait bon pour lui.

Ce n'est plus un tout petit enfant. À cinq ans et demi, il ne faudrait plus qu'il soit là. Seulement il faut qu'il soit là, alors il est là. Alors. Il grandit, et jette une ombre grandissante sur cet amour. À l'automne prochain, c'est sûr, il devra aller à l'école. Et alors ? Et alors, non. Et pas alors. On ne veut pas y penser, à alors.

Quand il n'est pas avec Saffie et András, Emil se sent atomisé, perdu. Il parle tout seul, tournant en rond dans la cour rue du Roi-de-Sicile, sans autre projet que d'attendre la réapparition des grandes personnes. Les cloches sonnent, à l'église Saint-Gervais et à l'Hôtel de Ville. Il compte les quarts d'heure, dessine avec ses yeux des motifs sur les pavés de la cour, échange des banalités avec des voisins ou des passants. Les Beatles ayant évincé Ray Charles et Doris Day, on entend maintenant par les fenêtres ouvertes « *She loves you, yeah, yeah, yeah* ». Emil connaît un peu toutes les musiques, mais aucune ne lui appartient en propre.

Il n'a appris à chanter ni *Le Bon Roi Dagobert* ni *Alle meine Entchen*.

Ne sait pas se bagarrer, se chamailler, jouer au foot avec des garçons de son âge.

N'a jamais fréquenté que les adultes – avec leur savoir-faire, leurs cris et leurs chuchotements, leurs mystères, leurs épouvantes.

Il retient son souffle le soir quand, au moment du coucher, Raphaël vient l'embrasser. Efface le baiser de son père sur son front dès qu'il a le dos tourné. Étudie les avions sur le papier peint près de son lit, en s'imaginant que Raphaël est dedans, et qu'ils s'écrasent.

— J'aime pas quand papa m'embrasse, maman.

— Non, *Schatz*, je sais. Mais il faut faire semblant. Ce n'est pas si difficile. Il suffit de penser à autre chose.

Il suffit de mentir, comme ta mère et comme son amant. Allez, *Schatz*. Encore une goutte de poison.

En septembre 1963, Raphaël est nommé chevalier de la Légion d'honneur. Il invite à la cérémonie de remise de décoration tous ceux qu'il associe à sa réussite. Dont András, qui – le jour même de son premier concert solo, Raphaël ne l'a pas oublié – a effectué la réparation décisive de sa Rudall Carte.

En public, sans rougir ni balbutier, sans gêne aucune, avec l'insolente confiance que confère l'amour fou, Saffie et András se serrent la main comme s'ils se rencontraient pour la première fois.

C'est ici que commence la fin de cette histoire.

Ce même automne 1963, Raphaël part donner des master classes sur la côte ouest des États-Unis.

Quand il s'éloigne ainsi de son foyer, il n'a pas vraiment le sentiment de mettre de la distance entre lui et les siens. Au contraire, Saffie et Emil, l'amour qu'il leur porte, la paix domestique dans laquelle ils vivent sont constitutifs de son bonheur. Raphaël Lepage est un homme exceptionnel à bien des égards, mais de ce point de vue, non : il est typique, dans la norme. Tous les pères de famille se comportent comme lui en 1963. Ce qui se passe à la maison les préoccupe façon impressionniste et floue. Leur rôle est d'agir dans le monde et d'entretenir la maisonnée, à laquelle ils ne reviennent que ponctuellement, pour se réchauffer l'âme en quelque sorte. Les absences répétées de Raphaël n'ont donc rien de choquant ni même de significatif : d'après tous les critères en vigueur, c'est un excellent père et mari.

Il se trouve donc à San Francisco le 22 novembre, quand John Fitzgerald Kennedy s'effondre, la tête en sang, sur le tailleur rose de son épouse Jacqueline. Ce drame frappe son imagination sans l'émouvoir outre mesure : se rappelant les discours de son père féru de Tocqueville, il s'est toujours représenté l'Amérique comme un pays immature, débraillé et violent.

Mais ses hôtes, soucieux de lui donner une image plus positive de leur pays, insistent pour lui faire visiter les quartiers pittoresques de San Francisco. Voilà pourquoi, vers la fin de son séjour, il pénètre plus ou moins contre son gré dans une boutique beatnik. Y achète un béret fantaisie pour Saffie et, pour Emil, une parka faite de pièces de daim rose-mauve-violet-bordeaux cousues ensemble. Un habit comme on allait en voir beaucoup au cours de la décennie suivante mais qui, quand Raphaël l'a ramené à Paris début décembre 1963, était le seul de son espèce en France.

— Merci, papa, dit gravement Emil, après avoir essayé la parka bariolée devant la grande glace du salon et constaté qu'elle était à sa taille. Son visage paraît plus fragile encore sous la volumineuse capuche.

— Comme c'est amusant ! dit Saffie. Campant son chapeau de velours violine sur le coin de l'œil, elle met les mains sur les hanches et prend des poses de vamp, de garce, de Dietrich dans *La Scandaleuse de Berlin*.

Raphaël, fier de son choix de cadeaux, siffle son approbation.

C'est ainsi que les choses se nouent.

C'est ainsi que les hommes vivent.

La météo, elle aussi, se met de la partie. S'il n'y avait pas eu de redoux ce jour-là...

Toute la première moitié de décembre il avait fait un temps froid et pluvieux ; Emil avait attrapé un gros rhume et Saffie était restée enfermée rue de Seine à le soigner. Voilà pourquoi, le 20, quand le temps se met subitement au beau et que son fils n'a plus de fièvre – et que, de plus, Raphaël part tôt pour donner son cours au Conservatoire –, elle envisage la journée avec une exultation particulière.

Après plus de cinq ans d'amour, elle a toujours aussi faim du corps d'András ; de sa voix ; de ses mains brutales.

— On va voir Edesapa ? demande-t-elle à Emil. Tu te sens assez de force ?

— Oh, oui !

Elle consulte le thermomètre accroché au balconnet du salon, là où Raphaël adolescent s'était penché pour voir les résistants morts. Quinze degrés ! Merveille !

Malgré tout, pour ne pas prendre le risque d'une rechute, elle oblige Emil à mettre sa parka américaine.

— Mais je ne l'aime pas ! C'est *rose*, c'est pour les filles, j'ai l'air ridicule !

— Mets-la, *Schatz*, s'il te plaît. Pour me faire plaisir.

L'après-midi, la température grimpe encore et András propose qu'ils aillent faire un tour aux Tuileries. Emil saute de joie : c'est un de ses lieux préférés à Paris.

Mais les allées du jardin, pleines de boue, sont impraticables ; les chaises ont été rassemblées en de longues rangées et soigneusement renversées les unes sur les autres ; l'accès aux grandes balançoires doubles est entravé par un cadenas ; le théâtre de marionnettes est fermé, *idem* pour le manège et le kiosque... Le trio commence à se sentir découragé lorsque, levant la tête, Emil s'écrie soudain :

— *Regarde !*

Vision féerique, irréelle : à l'autre bout du jardin, place de la Concorde, énorme et éblouissante sous le soleil, se dresse la grande roue.

— On peut, maman ?

— Bien sûr on peut ! On fait la course ?

Ils s'élancent tous trois, l'Allemande, le Hongrois et l'enfant qu'ils n'ont pas fait ensemble, en direction du mirifique manège. Arrivés devant le guichet ils sont essoufflés et en nage ; Emil ôte sa parka et la donne à tenir à sa mère.

— Je *meurs* de chaud !

Quand arrive leur tour au guichet, mauvaise surprise : ils n'ont assez d'argent que pour deux billets, pas trois.

— Allez, vous deux, dit András. Moi j'aime la terre ferme. Et si tout le monde monte il y a personne pour admirer. Tiens, donne...

Et, pour débarrasser Saffie, il lui prend des mains la parka d'Emil.

Mère et fils grimpent donc dans le siège qui se balance. Montent lentement vers le ciel bleu, le ciel pur et serein de décembre. Ça ne fait pas peur – Emil avait pensé qu'il aurait peur mais non, tout est calme et clair et scintillant, il n'y a pas de bruit, pas de secousse ; maintenant, décrivant l'autre arc du cercle, leur siège redescend lentement vers le sol – et maman, ses yeux verts lumineux dans le soleil, se penche en avant pour faire signe à Apu – il est là, Apu, mon manteau à la main, il fume une cigarette et nous fait signe en souriant, j'ai juste le temps de le voir expirer la fumée de ses narines d'un seul coup, comme un dragon – j'adore quand il fait ça ! – et puis on se remet à monter lentement dans le silence, c'est immense, Paris, c'est tout blanc et gris jusqu'à l'horizon et ça scintille...

Saffie serre Emil contre elle :

— Ça va ? dit-elle.

— Oui...

— Moi j'ai un peu le vertige, mais *j'adore !*

— Tu crois que les pigeons se demandent ce qu'on fait au milieu de leur ciel ?

Elle rigole, Saffie. Ils sont tout en haut quand la roue s'arrête, pour qu'en bas d'autres gens puissent monter.

Au sol, András a fumé sa gauloise jusqu'à ce que le mégot lui brûle les doigts ; machinalement il l'a écrasé sous le talon de sa chaussure (vieille chaussure hongroise faite sur mesure pour son père, avant la guerre, par un ami cordonnier plus tard expédié dans le ghetto où, mort de faim, il était resté à pourrir dans la rue pendant des semaines avec trois mille autres cadavres juifs, jusqu'à ce qu'enfin les Russes libèrent la rive Buda) ; maintenant, la main en visière, il tente de repérer le siège de Saffie et d'Emil, se balançant doucement tout en haut de la grande roue. Il n'aperçoit pas – il n'y a aucune raison qu'il aperçoive – le taxi qui vient de tourner pour la troisième fois autour de la place de la Concorde.

Trois fois ont suffi.

À vrai dire, une fois avait suffi, mais Raphaël avait eu du mal à croire ses yeux.

Il avait posé sa main sur le siège avant, près de l'épaule du chauffeur qui le conduisait en principe directement de la rue de Madrid à la rue de Seine.

— Pardon...

Comment sa voix pouvait-elle imiter à ce point sa voix normale, alors qu'en lui tout n'était que craquement, dislocation et épouvante ?

— Hein ?

— Vous voulez bien refaire le tour de la place ? J'ai cru voir...

— M'est égal, moi. Du moment que le compteur tourne.

Oui, c'était bien lui. André. Le luthier.

Et ce qu'il tenait dans la main, c'était bien la parka d'Emil.

Raphaël Lepage qui ne manque jamais de souffle, qui sait expirer et inspirer en même temps, qui donne des cours de respiration aux jeunes flûtistes du monde entier, ne respire plus.

— Une fois encore, dit-il. Le chauffeur lui jette un coup d'œil narquois dans le rétroviseur avant de hausser les épaules et d'entamer le troisième tour.

C'est bien lui.

Dans la tête de Raphaël, le soleil se fragmente en mille losanges.

— Rue de Seine maintenant ? demande le chauffeur.

— Oui, dit Raphaël.

Il est chez lui, chez eux, flottant à quelques centimètres au-dessus du sol, le corps glacé, hérissé, en suspens ; il va sans respirer d'une pièce à l'autre de cet appartement où il avait cru connaître le bonheur. Tout est propre, tout est beau, chaque détail de cette beauté immaculée le raille et le tourmente : les géraniums aux fenêtres, le bol de fruits sur le buffet, le parquet blond sans le moindre grain de poussière, le carrelage bleu et blanc reluisant sur les murs de la cuisine, et la chambre du bébé – non, la chambre d'Emil, ce n'est plus un bébé mais il ne va toujours pas à l'école, pourquoi Saffie n'a-t-elle jamais voulu l'envoyer à l'école ? – avec son papier peint à motif d'avions et ses jouets bien rangés – et leur chambre à eux, où le lit est non seulement fait mais tiré au cordeau, où les rideaux en dentelle sont lavés et repassés, et où leurs vêtements à tous deux sont accrochés dans l'armoire, ceux de Raphaël à gauche et ceux de Saffie à droite, avec leurs chaussures au-dessous, cirées, astiquées, alignées côte à côte, comme l'homme et la femme, avançant dans la vie côte à côte, allant aux concerts et aux dîners, à la cérémonie de la Légion d'honneur... « Je vous présente mon épouse... » « Enchantée ! » « Ma femme... » « Mme Lepage... » Pourquoi ne lui a-t-elle pas rappelé, ce soir-là, qu'elle avait déjà rencontré le luthier ? Pourquoi s'est-elle laissé présenter à André, András ?

Raphaël pousse un grognement sauvage. Ses entrailles se tordent et se soulèvent. Tombant à genoux près de leur lit, il se met à prier comme lors de la naissance de son fils : mais cette fois ce ne sont pas de petites prières apprises et ânonnées qui lui viennent aux lèvres, c'est une prière personnelle, rageuse, tripale : « Dieu ! gémit-il. Fasse – *je t'en prie* –, fasse qu'elle me raconte ça quand elle revient tout à l'heure. Fasse qu'elle me parle de sa journée, de sa rencontre fortuite avec András, et de la grande roue. *FASSE QU'ELLE ME LE RACONTE !* »

Il déverse des torrents de larmes et de morve sur la courtepointe bourguignonne, piquée à la main pendant la Première Guerre mondiale par sa grand-mère Trala.

Saffie et Emil reviennent vers quatre heures et demie, quand la nuit a déjà commencé à tomber. Raphaël a eu le temps de se ressaisir un peu. Il s'est aspergé le visage d'eau froide. Il a passé un peigne dans les rares boucles noires qui ornent encore l'arrière de sa tête. Il a allumé quelques lampes électriques et s'est installé sur le canapé avec *Le Monde*. Mais il ne comprend pas ce qu'il lit, et il ne respire toujours pas.

Il entend leurs voix – animées, complices – sur le palier. Le rire d'Emil fuse, suivi de peu par celui de Saffie. La clef tourne dans la serrure et ils sont là, devant lui, babillants, rayonnants. Raphaël se lève et avance vers eux comme dans un rêve ; tous deux le saluent avec une affection qui lui paraît mécanique, distraite. Puis Saffie, se dirigeant déjà vers la cuisine pour mettre en marche le repas du soir, lui lance :

— Nous sommes montés sur la grande roue, à la Concorde !

— Ah ! bon ? parvient à dire Raphaël. Et il se rassied sur le canapé, car ses genoux sont trop faibles pour le porter.

— C'était fantastique ! ajoute Emil.

— Tu fais couler ton bain, *Schatz* ? crie Saffie depuis la cuisine.

Resté seul au salon, Raphaël s'étouffe, halète, suffoque : sa vie vient de s'effondrer sur sa tête, comme la maison de Lotte bombardée.

Il dîne dans un état second, regardant estomaqué de l'un à l'autre : s'ils mentent si bien, avec tant d'aisance, c'est que le mensonge leur est habituel depuis longtemps.

— Tu veux encore du gratin dauphinois ?

— Non, merci.

— Tu n'as pas d'appétit ce soir ? J'espère que tu n'as pas attrapé le rhume d'Emil.

— Non, tout va bien.

Le rhume d'Emil. Le gratin dauphinois. Il rêve. Il n'a pas vu ce qu'il a vu.

C'est à son tour de passer une nuit blanche, aux côtés de sa femme qui dort. La respiration de Saffie est profonde et régulière ; de temps à autre elle pousse un soupir de contentement. Rêve-t-elle de... ? Depuis quand... ? Elle n'a jamais prononcé le nom de l'autre dans l'amour, se dit Raphaël, de plus en plus agité. Mais... jamais le mien non plus.

Vers quatre heures du matin, n'en pouvant plus, il se lève et commence à faire les cent pas dans le salon.

À six heures, il prend une décision : il s'arrangera pour se retrouver seul avec Emil, et l'interroger. Mais comment faire ? Emil ne se sépare jamais de Saffie. À près de six ans, il est toujours fourré dans ses jupes, c'est épouvantable ! se dit soudain Raphaël. C'est malsain, c'est monstrueux.

À sept heures (Hortense de Trala-Lepage s'est toujours levée tôt), il compose le numéro de téléphone de la demeure bourguignonne.

À huit heures, quand Saffie émerge enfin de leur chambre, nouant autour de sa taille la ceinture du kimono en soie noire brodé or qu'il lui a offert pour ses vingt-cinq ans, il lui annonce :

— Je pars en Bourgogne cet après-midi, avec Emil.

— Quoi ? dit-elle en clignant des yeux, la voix encore épaissie par le sommeil.

Il lui sert du café.

— Ma mère a téléphoné tout à l'heure, dit-il (à menteur, menteur et demi). Elle m'a supplié de le lui amener... Tu sais, elle n'est plus toute jeune, maman, et depuis le choc de l'Algérie sa santé n'est pas fameuse ; Emil est son seul héritier... Il faut la comprendre, Saffie. Il faut lui pardonner.

— Combien de temps vous partez ?

— On fera l'aller-retour en vingt-quatre heures. Elle veut juste faire sa connaissance, lui donner son cadeau de Noël... Emil va sur ses six ans et il n'a jamais rencontré son unique grand-parent, c'est pas normal !

Saffie ne le contredit pas. Elle garde la tête baissée, les yeux plongés au fond de sa tasse de café. Puis, portant la tasse à ses lèvres, elle boit une gorgée de café pour dissimuler (c'est du moins ce qu'il semble à Raphaël) l'esquisse d'un sourire.

— Bon, c'est d'accord, dit-elle. Je comprends ta mère.

— Tu survivras sans ton fils jusqu'à demain ? insiste-t-il avec une pointe de perversité.

— Je survivrai.

Il la hait.

17

Voici donc, vers treize heures, Raphaël et Emil muets dans le taxi les conduisant gare de Lyon. C'est la première fois qu'ils sortent seuls ensemble, le père et le fils.

Voici, au même instant, Saffie courant joyeuse sous la pluie : c'est la première fois qu'elle s'en va seule voir son amant. Elle ne découchera pas (elle sait ses allées et venues surveillées par la concierge), mais elle dînera, traînera... Sur le pont des Arts, un coup de vent retourne son parapluie et elle rit tout haut.

Silence toujours entre Emil et Raphaël, seuls dans leur compartiment. Dehors : paysage morne et monotone, pluie sans répit. Le train est fouetté par la pluie. De ses doigts, Emil fait des dessins dans la vapeur qui s'est formée à l'intérieur de la vitre. Il étudie le mouvement des gouttelettes sur le verre – comme chez András, le jour lointain de *Qué sera, sera* dont il ne garde aucun souvenir – mais, cette fois, leur trajectoire est violemment infléchie par la vitesse du train.

Raphaël, agité, nerveux, ne sait comment dire à son fils ce qu'il a à lui dire.

András ouvre la porte à son amante aux joues rougies par le froid. Il lui prend son parapluie, le secoue et le pose ouvert dans un coin. (« *Un* parapluie ? Non, c'est pas vrai ! Un objet si tellement comme une femme ! *Une* parapluie, moi je dis ! ») Se retournant, il ouvre grands les bras et Saffie s'y jette.

— Je peux rester tard ! souffle-t-elle. Emil est parti en Bourgogne avec Raphaël.

Dans le train Paris-Lyon-Marseille, l'interrogatoire commence. Emil ne sursaute pas quand son père prononce le nom d'András, mais il cligne plusieurs fois des yeux. Raphaël le voit et cela suffit pour le renseigner ; les dénégations qui s'ensuivent ne servent à rien. Il coince son fils, le bombarde de questions, le pousse dans ses retranchements. Emil est affolé. Qui est cet homme ? Il ne le connaît, ne le reconnaît pas. Il se met à couiner de terreur. Hors de lui, Raphaël délivre à son fils deux claques terribles, une sur chaque oreille, qui le laissent sonné.

Ils se regardent, le père et le fils. Avant ce jour ils ne s'étaient pas bien regardés. Cela dure deux ou trois secondes, et puis Raphaël s'écroule. Sanglote devant Emil, le serre contre lui, implore son pardon. Le garçon est plus effrayé encore par la faiblesse de son père que par sa force. S'extrayant de l'étreinte mouillée et gigotante, il prononce des mots définitifs.

— Laisse-moi... De toute façon, t'as jamais fait attention à nous. C'est lui mon vrai père.

Tout le corps de Raphaël s'arc-boute sous l'effet de la douleur.

Le corps de Saffie s'arc-boute dans le plaisir. Elle pleure comme la première fois, enserrant de ses jambes croisées le dos musclé d'András. Pour une fois elle n'a pas à retenir ses cris à cause d'Emil et cela la rend presque folle. Elle se laisse aller. Très loin.

Raphaël, pantin désarticulé sur la banquette du train. À nouveau, c'est le silence entre lui et son fils.

Il se souvient de l'atroce silence de Saffie pendant sa grossesse... Comme elle a changé, depuis ! Et quel imbécile il a été de croire que c'était grâce à lui, grâce à la maternité...

Les heures s'écoulent, grises et sans relief. Bercé par le mouvement du train et par son bruit régulier, Raphaël glisse dans le sommeil, parvient à se libérer un moment de la conscience infernale. La main d'Emil sur son bras le réveille en un soubresaut – et le cauchemar le reprend.

— J'ai faim, murmure Emil. Il est cinq heures et j'ai pas goûté.

Raphaël s'ébroue. Se frotte frénétiquement le cuir chevelu. Marmonne :

— C'est vrai... Le goûter. J'y pensais plus. Allons au wagon-restaurant, ils auront sûrement du chocolat chaud.

András apporte à Saffie, toujours au lit, un thé parfumé au rhum. Il allume une Gauloise et, à travers les volutes de fumée, admire les mouvements économes, naturels, du corps nu de son amante.

— Je t'aime, Saffie.

Elle lève les yeux, rencontre son regard.

— Je t'aime, András.

Emil marche devant et Raphaël se penche par-dessus son épaule pour ouvrir les portes coulissantes. Dans le soufflet entre les voitures, il donne la main à son fils pour l'aider à franchir la plate-forme métallique, dont les plaques losangées grincent et se déplacent de manière imprévisible sous leurs pieds. Il voit que la commotion de bruit et de vent fait peur à Emil – et se souvient de sa propre peur, enfant, dans cette même situation. Les voitures se succèdent – six, sept, huit – et ils avancent en tanguant, par saccades, passant de la chaleur des voitures au froid des soufflets, du silence au vacarme. L'effort pour ouvrir et refermer les lourdes portes métalliques épuise Raphaël chaque fois un peu plus. Sa nuit blanche l'a éreinté et sa brève sieste n'a fait que lui barbouiller la tête ; surgit alors dans son esprit, brûlante, la question qu'il avait voulu poser à Emil : *depuis quand ?*

— Elle dure depuis quand, cette histoire ? dit-il à voix basse, alors qu'ils longent le couloir de la neuvième voiture.

Mais, échaudé par les claques de tout à l'heure, Emil a résolu de ne plus dire un mot. Si seulement sa mère était là pour lui venir en aide !

Raphaël se rend compte soudain qu'ils ont dû partir dans le mauvais sens, qu'ils devaient être tout près du wagon-restaurant à leur point de départ, et qu'il va maintenant falloir reparcourir tout ce chemin en sens inverse, rouvrir et refermer les portes, tenir la main d'Emil dans les soufflets... Ça lui paraît au-dessus de ses forces. Ne voulant pas avouer à son fils qu'il s'est trompé de direction, il s'obstine à avancer vers la queue du train tout en insistant, en répétant, en s'emportant :

— Combien de temps ? Quand est-ce que tu as rencontré André pour la première fois ?

Comme dans un mauvais rêve, la résistance du train et celle d'Emil lui semblent être la même chose ; il sent que le wagon-restaurant et la réponse à sa question resteront à jamais hors de son atteinte... Ils arrivent dans la dernière voiture, un compartiment bagages – et là, une porte est ouverte sur la voie. À bout de nerfs, confronté à sa défaite sur tous les plans, Raphaël se retourne vers Emil :

— Tu vas me le dire !

Il a besoin de hurler pour se faire entendre par-dessus le bruit qui s'engouffre par la porte ouverte, et ce signe extérieur de la rage fait monter en lui la rage véritable. Il attrape le garçon sous les bras et, calant ses pieds dans l'ouverture de la porte, le suspend au-dessus du sol qui défile à toute allure.

— *Papa ! Papa !*

— *Oui,* PAPA *!* hurle Raphaël. *Oui c'est moi ton papa, j'aime autant que tu le saches !*

Sa rage monte encore, exacerbée par le vacarme du train lancé à sa vitesse maximale, les tonnes de métal cliquetantes et bringuebalantes qui semblent traduire le désordre de ses pensées.

— *Tu es d'accord que c'est moi et pas l'autre ?*

— *Oui !* hurle Emil, terrorisé.

— *Et ça fait combien de temps que ça dure ?* hurle Raphaël en le secouant comme un prunier.

Le souffle coupé par la peur et par la violence du vent, Emil ne peut répondre. Il bat des jambes dans le vide, essayant de reprendre pied.

La seconde d'après, il n'est plus là.

András a mis un disque de Roland Kirk, disque sur lequel le génial aveugle joue en même temps du stritchophone et de la flûte nasale. Pendant que Saffie se rhabille, il va rue des Écouffes leur acheter des pâtisseries tunisiennes : cornes de gazelle, zlabias, sachebakias, makrouds... András les trouve moins indigestes que les Apfelstrudel et autres Mohnkuchen d'Europe centrale.

C'est la première fois qu'ils « dînent » ensemble, tous les deux. Après, gluants de miel, ils se sucent les doigts l'un de l'autre en gloussant comme des gamins. Refont l'amour par terre au milieu de la poussière et des mégots, presque sans se dévêtir, la tête de Saffie cognant contre des pieds de chaise, chaque assaut du corps d'András déclenchant en elle un spasme et un râle.

Raphaël tire sur le signal d'alarme pour arrêter le train.

Devant la petite glace au-dessus de l'évier, Saffie se recoiffe. Elle met ses bottes et son manteau, glisse son parapluie sous le bras et traverse la cour en serrant tout contre elle le grand corps d'András. Ils s'embrassent une dernière fois au milieu de la rue, laissant la pluie froide se mêler à la chaleur de leur salive.

Ensuite – il n'est que huit heures trente – elle s'éloigne, ouvre son parapluie et marche les yeux ouverts dans la ville. Passe devant la *Samaritaine*, superbement pavoisée pour Noël. Se dirige vers la Seine en s'émerveillant de se trouver ainsi seule et forte dans la plus belle ville du monde.

Cela est déjà arrivé, et elle ne le sait pas. Emil est déjà mort, à l'instant même de toucher les rails son crâne a éclaté, c'est un fait – mais ce fait n'est pas encore entré dans la tête de sa mère, toute vibrante encore d'amour et de musique.

Est-il vraiment indispensable qu'il y entre ? Pour l'instant c'est un fait si peu connu qu'il n'a pour ainsi dire pas de sens. Hormis Raphaël, seuls sont au courant le chef de train, deux contrôleurs et une poignée de passagers agacés par cet arrêt intempestif. Ne pourrions-nous laisser les choses en l'état ? Le temps ne pourrait-il s'arrêter là, et l'histoire s'interrompre ? Faut-il vraiment poursuivre avec l'enchaînement d'autres faits, toujours d'autres faits ?

La police a été informée. Déjà, au deuxième étage de la rue de Seine, le téléphone sonne. Mais personne n'est là pour y répondre. Seule sur le pont des Arts, Saffie danse sous la pluie.

Pour finir, Hortense Trala-Lepage parviendra à joindre la concierge, l'arrachant à son sommeil vers 21 heures (elle se couche de plus en plus tôt, assommée par le mélange de pastis et d'analgésiques qu'elle absorbe chaque soir pour sa phlébite).

C'est donc Lisette Blanche qui, en peignoir et en pleurs, s'installe devant sa fenêtre pour guetter l'arrivée de Mme Lepage.

Elle n'éprouve pas la moindre jubilation, vous pouvez me croire. C'est une femme profondément bonne.

« Un accident. » Tout au long de son procès, qui occupera une bonne partie de l'année 1964, le célèbre flûtiste Raphaël Lepage n'en démordra pas. « Il a glissé – le vent me l'a arraché des mains – j'ai tout fait pour le sauver... »

Faute de témoins, il sera acquitté. Mais nous étions là, et nous la connaissons, la vérité. Nous savons l'immensité du désespoir qui a poussé Raphaël à desserrer, une fraction de seconde, la prise de ses mains sous les aisselles de son fils.

Quant à Saffie, elle a disparu ; personne à Paris ne l'a plus jamais revue. Le matin après la mort d'Emil, quand la police est venue sonner à la porte du deuxième étage rue de Seine, il n'y avait plus la moindre trace du passage de Saffie dans la vie de Raphaël. Elle s'était volatilisée, tout simplement. Et la concierge, pour une fois, n'avait rien vu.

Même moi je ne sais pas ce qu'est devenue mon héroïne. Nous savons si peu de choses les uns des autres... C'est tellement facile de se perdre de vue.

Certes, il nous est loisible de spéculer : elle a un passeport français ; peut-être a-t-elle décidé de commencer une nouvelle vie en Espagne, ou au Canada. Mais, si c'est le cas, ça s'est passé en dehors de l'histoire. La vérité de l'histoire, c'est qu'elle a disparu.

Comme tous, nous allons disparaître à la fin.

ÉPILOGUE

D'un mot, sautons encore trente-cinq ans en avant ; nous voilà à la fin du XXe siècle.

Presque tous les Français ont maintenant la télévision, le téléphone et des toilettes individuelles ; beaucoup possèdent même des micro-ordinateurs. L'Allemagne et la France sont meilleures copines ; elles bâtissent l'Europe ensemble et rêvent de partager un jour une armée. Le mur de Berlin s'est effondré – ainsi que, les uns après les autres, tous les régimes communistes de l'Europe centrale ; c'est la Hongrie qui a effectué avec le plus de grâce la transition d'une économie planifiée vers une économie de marché (on ne dit plus capitaliste). Quant à l'Algérie, trente ans de dégénérescence socialiste ont réveillé chez nombre de ses citoyens de vieux fantasmes de rigueur religieuse : elle se déchire dans une guerre civile interminable et sanglante.

Paris est Paris, plus insolent que jamais dans sa beauté et ses goûts de luxe. Les gens peuvent désormais s'asseoir sans payer dans les fauteuils des jardins publics, mais un verre d'eau à la terrasse d'un café leur coûte la peau des fesses. Les pissotières ont été remplacées par des toilettes payantes, avec lavage automatique et musique classique. Charles de Gaulle n'est plus que le nom d'un aéroport et celui d'une station de métro, mais les Parisiens préfèrent dire Roissy et

Étoile, semant la confusion dans la tête des touristes. Si les bidonvilles ont été rasés, les hideuses banlieues dites populaires regorgent de Français, enfants ou petits-enfants d'Algériens, en révolte contre leur absence d'avenir et même de présent. Brigitte Bardot leur reproche le meurtre rituel et annuel de plusieurs milliers d'agneaux innocents. Le chômage est endémique et apparemment inendiguable. Chez Goldenberg, rue des Rosiers, on vous montre encore les traces de balles laissées par un attentat à la mitraillette au mois d'août 1982. Dans le vieux hammam cinquante mètres plus loin, ont ouvert successivement un magasin d'habits western, une pizzeria casher et un salon de thé chic. Du reste, le Marais dans son ensemble est devenu un des hauts lieux de la mode parisienne.

Notre histoire à nous s'achève là où elle a commencé, là où Saffie a posé le pied pour la première fois sur le sol français : à la gare du Nord. Plus précisément, à la brasserie *Terminus Nord*, juste en face de la gare.

C'est un jour de pluie, hivernal et sinistre comme le sont, il faut bien l'admettre, un grand nombre de jours à Paris. Nous pourrions être au mois de mars ou au mois de novembre, il n'y a aucun moyen de le savoir.

Il est deux heures de l'après-midi et Raphaël Lepage, qui vient de rentrer de Berlin réunifié à bord d'un train à grande vitesse, mange une choucroute arrosée d'un excellent riesling. Il a pris goût, ces derniers temps, à la cuisine allemande.

Avec la serviette en lin aux initiales TN, il essuie la graisse d'oie sur ses minces lèvres de flûtiste. Pour son âge, soixante-neuf ans, il n'est pas en trop mauvais état, Raphaël. Il conserve une certaine élégance. Certes il a forci, et en matière de cheveux il ne lui reste plus qu'une étroite tonsure de frisettes blanches – mais son visage, quand on le regarde de près, est reconnaissable : c'est bien son nez, ce sont bien ses pommettes et, derrière les lunettes de presbyte, c'est bien son beau regard à lui...

Écartant le journal qu'il lisait en mangeant, il lève les yeux... et se fige. Sur un haut tabouret au comptoir, à quelques mètres de lui – est-ce possible ? –, reflété dans le mur de miroirs, de sorte que Raphaël le voit à la fois de face et de dos – oui, il n'y a pas de doute –, c'est András. Il fume une cigarette en buvant un café calva. Ahurissant comme il a vieilli. Ses cheveux mi-longs, entièrement gris, sont attachés en queue de cheval dans la nuque. Un lacis chaotique de rides donne à son visage l'air d'un champ labouré par un dément. Il porte des lunettes sans monture et une écharpe rouge : oui, il y en a qui n'ont toujours pas renoncé à leurs fantasmes révolutionnaires...

Raphaël pose la serviette en lin sur la table et se lève. Avance lentement, traverse le restaurant sans détacher son regard de la glace. Peu à peu, il voit son propre reflet apparaître, grandir et venir s'installer à côté de celui d'András, juste avant que celui-ci ne lève les yeux.

Ensuite, dans la glace, leurs regards se touchent.

Ce sont deux vieillards, vous comprenez. Avec leur déguisement de vieux – cheveux blancs, rides, lunettes – ils se ressemblent maintenant. Tous les vieillards retrouvent un air d'innocence, vous avez dû le remarquer. Le temps miséricordieux vient passer l'éponge sur leur corps et leur esprit, estompant leurs signes distinctifs, effaçant leurs souvenirs, faisant s'évaporer l'une après l'autre les dures leçons que la vie leur a infligées. On oublie, vous savez, on oublie...

Il ne s'est rien passé, n'est-ce pas ? Ou alors si peu... et il y a si longtemps... Autant dire rien. Ça vaudrait mieux, n'est-ce pas ?

Il s'agit de recouvrer l'innocence avant de partir rejoindre l'ange.

Tous, nous sommes encore innocents.

András et Raphaël se dévisagent dans la glace. András ne bronche pas, ne se retourne pas sur son tabouret pour affronter Raphaël en chair et en os ; ils n'échangent ni parole ni poignée de main. Que se passe-t-il entre eux, dans ce regard silencieux et sans fin ? Chacun a privé l'autre de la femme et de l'enfant qu'il aimait. Et là, chacun tâte son cœur : cela fait-il toujours mal ? Les flammes de la haine peuvent-elles encore être ranimées, ou bien les dernières braises se sont-elles enfin éteintes ?

Dans la glace, leurs regards sont collés l'un à l'autre. Regards francs, presque sereins.

On ne les voit pas se séparer.

Et c'est la fin ?

Oh ! non. Je vous assure que non.

Il suffit d'ouvrir les yeux : partout, autour de vous, cela continue.

5966

Composition PCA - 44400 Rezé
Achevé d'imprimer en Europe (France)
par Maury-Eurolivres – 45300 Manchecourt
le 16 septembre 2002.
Dépôt légal septembre 2002. ISBN 2-290-31202-9
1er dépot légal dans la collection : septembre 2001

Éditions J'ai lu
84, rue de Grenelle, 75007 Paris
Diffusion France et étranger : Flammarion